나는 이렇게 살고 있습니다
이상합니까?

나는 이렇게 살고 있습니다 ─── 이상합니까?

손미
글·사진

서랍의**날**씨

등단 후 썼던 산문들을 엮었습니다. 대부분 2017년 《시인 동네》에 연재했던 글입니다. 마감이 없으면 잘 쓰지 않는 게으른 사람인지라 연재가 좋은 채찍이 되었습니다.

내가 무언가를 쓸 수 있는 사람인가 아직도 의구심이 듭니다. 부끄럽고, 또 부끄럽습니다. 그럼에도 용기를 내는 것은 더 많은 사람들과 소통하고 싶었기 때문입니다. 너의 시는 읽어도 모르겠다고 말씀하시는 부모님께 시 아닌 글로 마음을 보여 주고 싶었습니다.

시간이 날 때마다 조금씩 읽어 주세요.
나는 이런 마음으로 살고 있습니다.

진심으로 썼습니다.
모든 글은 그래야 하니까요.

일 년간 글을 실어 주신 《시인동네》에 감사합니다. 부족한
원고 기다려 출간해 주신 서랍의날씨에도 감사드립니다.

2018. 여름
손미

차례

내가
사랑했다는

소문

무엇들

나는 무엇이었을까.

내가 나이기 전에,

염소였을 것이다. 어디서든, 염소만 보면 슬퍼지니까. 기둥에 매어 있는 염소를 보고 어린 나는 울었으니까.

아니 어쩌면 지금처럼 겁 많은 나였을지 모른다. 이 얼굴과 이 모습으로 살다가 죽고 다시, 이 모습으로 태어나 살고 있는지도 모른다.

만약 그렇다면 나는 어쩌다 이 행성에 갇혀 돌고 도는 걸까. 죽고 태어나고 또 죽고 태어나는 몸이라는 형벌. 그래서 아주

오랫동안 이 행성을 빠져나가지 못하고 계속해서 몸을 입는 걸까. 번번이 실패하는 사랑도 형벌의 일부인 걸까.

애인과 이대로 헤어지는 것이 맞나. 지난겨울 점집을 찾아가 물었던 적이 있다. 이 사람과 나는 어떻게 될까요? 물었던 적이 있다.

둘은 어쩔 수 없어요, 전생에서 온 업이야.

점술가는 그렇게 말했다.

우리는 뭐였을까. 뭐였길래 이토록 부딪치나. 우리는 어떤 물질이었을까. 무엇이었기에 쉼 없이 부딪치고 깨지나. 그러다가 어쩔 수 없다는 듯, 멀어지나.

왜 내 마음은 늘 너에게 질까.

산 중턱으로 캠핑을 갔을 때 나는 텐트 안에서 오들오들 떨었다. 캠핑장은 조용하고, 어두웠다. 듬성듬성 텐트 몇 동이 있었을 뿐, 인적도 거의 없었다. 모두 취해 잠들었고, 나만 눈을 말똥말똥 뜨고 있었다. 그때 텐트 밖에서 들려오던 소리. 높은 나무에 앉은 새의 굵은 울음이 자꾸만 텐트를 찔렀다.

깊은 산중에서 네발 달린 짐승이 조용히 오고 있는 것 같았다. 큼직한 발을 끌고 텐트 주위를 어슬렁거리는 것 같았다. 앞발로 텐트를 찢고 들어와 나부터 뜯어 먹을 것 같았다. 무서워. 나는 한여름에도 담요를 머리끝까지 끌어당겼다.

새벽에 일어나 보니 텐트 옆에 죽은 뱀이 있었다. 정확히 내가 잤던 자리 옆. 거기에 누워 잠을 잤다고 생각하니, 소름이 확 올라왔다. 그래서 지난밤, 그렇게 무서웠나. 파리가 앉아 있는 뱀의 시체에서 조금 떨어진 자리에, 우리는 불을 피우고 라면을 끓였다.

저것 좀 치워 줘.

죽었는데 뭐가 무서워.

뱀이잖아.

호기심이 많은 너는 한참 뱀을 바라보았다. 그리고 할 수 없다는 듯 나뭇젓가락으로 뱀을 집어 저 먼, 계곡으로 확 던져버렸다.

자연을 사랑한다면서 왜 이런 건 무서워하니.

이상하다는 듯 되묻는 너의 말투가 내내 나를 슬프게 했다.

*

누나, 내가 먼저 뛰려고 했는데 상현이가 먼저 뛰었어.
바위에서 계곡으로 다이빙을 했는데 상현이가 고개를 안 드는 거야.
물 밖으로 고개를 내밀고 머리를 털어야 하는, 그래야 숨을 쉬는데 그러질 않는 거야.
다음엔 내가 뛰어내리려고 무릎을 굽혔다 폈다 하고 있었는데 상현이가 고개를 안 드는 거야.

스물다섯인가 여섯이었던 동생은 그렇게 말했다. 동생과 제일 친한 친구였고, 우리 집에도 여러 번 왔었던 그 아이의 얼굴이 떠올랐다. 영어 공부에 열중하고 있다고 했다. 얼른 취업해서 헤어진 여자 친구를 다시 만나려고 눈에 불을 켜고 있다고 했다. 딱 하루 시간을 내서 남자 넷이 계곡에 놀러 간다고 했다.

누나, 방수되는 가방 있어?, 하고 묻던 동생이 두 시간 만에 하얗게 질려서 돌아왔던 한여름.

계곡이 가져간 그 몸.
하얗게 떠오르던 몸.

갑자기, 다른 것이 된 것 같았어. 누나, 정말 무서웠어.
울먹이던 동생과 우리 가족은 나란히 영정 사진 앞에서 멍하니 서 있었다.
통째로 빠져나간 몸.
방금까지 웃고 까불던 반바지가 다른 세상에서 온 것 같은 거야.
손을 바들바들 떨던 동생이 들고 있던 창백한 종이컵.

상현이가 고개를 안 드는 거야.

그 여름 청심환을 삼키고 겨우 잠든 동생의 방문을 가족들은 번갈아 가며 열었다 닫았었다.

어디로 갔을까. 서글서글하게 웃던 그 애는 무엇이 되었을까.

*

지난 생에서 내가 그렇게 죽었나.
너 대신 내가 죽었나.
그 업을 끌고 와서 이토록 서로를 슬프게 하나.

지난 생에서 나는 고요한 밤에 죽었나. 그래서 캠핑장에서 만난 밤이 그토록 무서웠나.

오래 건강하고, 물에 빠져 죽진 마.

그런 인사도 못 할 만큼 너와 나는 미웠나. 너는 죽어서 무엇이 될까. 바위 같은 사람이니까 바위가 될까. 다음에도 우리는 만날까. 그때도, 내 마음은 너에게 질까. 여기에서의 인연이 그때까지 이어질까.
그때도 우리는 어쩔 수 없을까.

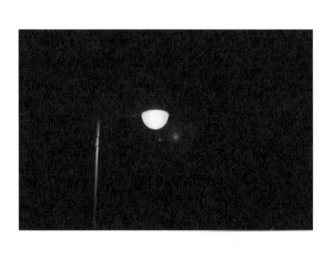

산
서
로

그곳에 가면 몸 안에 잠긴 단추를 다 풀 수 있다.
엉엉 울 수 있다.

산서로.

대전 운전면허 시험장 뒤쪽에서 시작해 동물원까지 이어지
는 길은 도시의 뒷면에 있다. 개천이 있고 논과 밭이 있고 벚
나무가 있고, 새가 운다. 하루에 몇 번 버스가 다니고, 하루의
대부분은 텅 비어 있는 곳.

이 길 이름이 산서로山西路래. 산의 서쪽 길이라는 뜻.

길 이름에 관심도 없는 당신에게 그런 말이라도 해줄 걸 그

랬다.

그날은 아침에 체조를 했고, 예전 직장 동료들과 돈가스를 먹었다. 점심시간이 끝나자 모두 바쁘게 직장으로 돌아갔다. 깊은 봄이었다. 어쩐지 집으로 돌아가기 싫었다.

산서로에 가자. 언젠가 당신과 갔던 거기. 길을 잘못 들었다가 너무 아름다워 사랑하고 말았던 그 길. 자동차가 지나가는 길마다 꽃비가 내렸던 그 길.

나의 자동차는 서서히 산서로에 들어섰다. 드디어 비밀의 정원에 들어섰을 때 아무도 없는 빈 도로에 꽃잎이 뼛가루처럼 흩날리는 광경이 펼쳐졌다. 천천히 달리다가 꽃나무 아래 나는 자주 차를 세웠다. 어디선가 개가 컹컹 짖었다.

산서로가 끝나는 지점에서 차를 돌려 다시 산서로로 들어갔다. 미궁처럼 나는 그곳을 뱅글뱅글 돌았다. 빠져나갈 수 없었다. 구불구불한 도로를 운전하면서 생각이 꼬리에 꼬리를 물고 나타났다.

언젠가 변산반도라고 기억한다. 일요일이었고 해가 뉘엿뉘엿 지고 있었다. 바다에 붉은빛이 일렁였다. 그 아름다운 풍경

앞에서 코가 찡했다. 본격적으로 자리를 잡고 감상하려는데
그가 입을 열었다.

가자.

뭐라고?

나는 놀라서 그를 올려다봤다.

지금 가야 길이 안 막혀.

세상에, 이 아름다운 풍경을 놔두고?

싫어.
나는 단호하게 말하고 앉았다.
그럼 딱 십 분만 보자.
애인은 나를 달래느라 그렇게 말했는데 나는 그 말이 못 견디게 서러웠다. 어떻게 이 아름다운 풍경 앞에서 십 분이라는 시간을 다나.

어린 내가 어린 애인에게 칭얼대는 동안 풍경은 더 짙어졌다. 나는 울었다. 속이 구불구불 꼬여 그게 공격이라 여겼다.

분했다. 숨 막히게 아름다운 일몰이 눈앞에 있는데 십 분이라니. 낭만도 모르는 사람. 감정이 말라빠진 사람. 뭘 그런 걸 가지고 우냐. 애인은 몹시 당황했지만 내내 그게 분했다.

돌아보면 나는 언제나 덜 사랑하려 애썼다. 상처받고 싶지 않아서. 상처받지 않으려고 적당히 사랑하고 적당히 마음을 줬다. 그래서 화내고, 내가 원하는 방향으로 그를 억지로 끌고 갔다.

나를, 내게서 들끓는 모든 것을 이해해 주길 바랐다. 그렇게 희생해 줘야 비로소 사랑받는다고 느꼈다.

봄이고 가을이고 나는 그를 끌고 산서로로 들어갔다. 같은 도로를 뱅뱅 돌면서 순전히 내 취향의 음악을 들으며 나의 갈증이 해소될 때까지 나는 그 도로에서 빠져나가지 않았다.

이제 안다. 목적지를 향해 달려가고 거기에 다다르면 다시 돌아와야 한다고 단순하게 인식하고 있는 사람이 같은 도로를 몇 번이나 뱅뱅 도는 것이 얼마나 큰 양보였는지. 불평 한마디 없던 순한 마음이 얼마나 큰 사랑이었는지.

이제 그는 없지만, 사랑도 미움도 오래전에 사라졌지만 가슴이 먹먹할 때면 산서로를 찾는다. 그곳에 가면 순한 사람이 곁에 있는 것처럼 안심이 된다. 마음이 꼬인 날, 같은 길을 돌고 돌다 보면 꼬깃한 마음이 착해진다.

산서로.
꽃비가 흩날리는 모습을 묶인 개 한 마리가 멍하니 바라보는 곳. 그곳에 가면 안으로 잠긴 말을 컹컹 토하면서 울 수 있다. 순해질 수 있다.

눈의 횡단

홋카이도에 간 것은 1월. 이별했고, 나는 어디든 가야 했다. 침대에 누우면 나를 향해 쏟아지던 폭언이 가위처럼 몸을 짓눌렀다. 회색 캐리어에 읽다 만 책과 일기장, 티셔츠, 칫솔과 치약을 구겨 넣었다. 묵직한 캐리어와 나는 국경을 넘어갔다.

신치토세 공항에서 하코다테로 가는 기차를 타고 달렸다. 우치우라만을 끼고 둥글게 달리는 기차의 근육이 나를 좌우로 흔들었다. 몸에 힘을 풀었다.

어쩔 수 없는 일은 어쩔 수 없는 일이다.

나는 어떻게 살고 있습니까 아직 상냥합니까?

세 시간이 넘도록 기차는 달리고 있었다. 간간이 들리는 안내 방송은 하나도 알아들을 수 없었다. 알아들을 수 없어서 좋았다.

폭설. 눈은 속을 들키지 않으려는 듯 저를 두껍게 덧칠했다. 창밖으로 놀이터 하나를 집어삼킨 눈 무덤과 커다란 나무 하나를 쓰러뜨린 눈의 무리가 보였다. 눈은 먼 숲으로 이어진 어떤 짐승의 발자국도 지우고 있었다.

일주일 동안 하코다테에서 삿포로로, 삿포로에서 비에이로, 그리고 다시 아바시리로, 서에서 동으로 섬을 관통해 갔다.
내가 섬 하나를 횡단하는 동안 애인도 내 속을 횡단했다. 핏

줄이고, 뼈고, 장기고 할 것 없이 다 뚫고 지나가는 것 같았다.

끝까지 이기적이다. 제 상처에만 비명 지르는 칼날 같은 사람.

오래 달리는 동안 창밖의 기후는 몇 번이나 바뀌었고 앞자리, 뒷자리에 앉은 사람들의 언어도 일본어에서 중국어로, 한국어에서 다시 일본어로 국적을 바꾸었다. 이국의 언어가 패딩에 머리카락에, 와 닿아 깨졌다.

홋카이도의 눈은 질겼다. 끈질기게 따라오는 생각처럼 눈은 모자를, 신발을, 옷을 꽉 물고 잘 털리지 않았다. 하코다테의 외국인 묘지에서 이국의 귀신을 대면할 때도, 뚱뚱한 고양이가 길을 막고 비켜 주지 않을 때도, 지도를 잘 못 읽어 엉뚱한 방향으로 걸어가고 있을 때도 흰자만 뜬 채 눈은 나를 봤다. 유령같이 창백하게 붙어 나를 봤다.

역에서 헤어지는 연인에게도 폭설은 쏟아졌다. 날카로운 눈발이 꼭 붙었다 떨어진 연인의 가슴 사이를 파고들었다.

어쩔 수 없는 일은 어쩔 수 없는 일이다.

서울에서 대전으로 가는 기차가 천천히 출발할 때 기차를 따라 달려오던 애인의 얼굴이 저쪽으로 길어졌던 것처럼 역들은 멀어졌다. 온기 하나 없는 플랫폼에서 플랫폼으로, 동쪽으로 동쪽으로 나는 기차를 타고 계속 달려갔다.

최종 목적지는 아바시리 역. 유빙이 있다는 그곳에 가서 너를 버리리라. 그렇게 잊으리라. 근사하지? 오호츠크해에 너를 쑤셔 박고 다신 찾으러 오지 않을 거다. 춥고 외로운 곳에서 그렇게 사라져라. 그게 내가 주는 벌이다.

쇄빙선 갑판에서, 아무도 없는 기타하마 역에서 넘실거리는 오호츠크해를 봤다. 홋카이도 동쪽 끝, 오호츠크해. 저 멀리 나가면 드넓은 태평양. 이국에서 불어오는 칼바람만 볼을 스치고 갔지만 그 바람 때문에 조금은 살 것 같았다. 어디든 가야 한다고 생각했을 때 왜 그토록 이 섬이 나를 불렀는지 조금은 알 수 있었다.

나는 혹독한 겨울을 찾아, 혹독한 눈을 횡단하며 걸어갔다. 섬 너머 어디든 갈 수 있을 것처럼.

마을은 이상했다. 풍경은 모두 눈이 덮었다. 밭과 자판기와 작은 건물이 모두 눈에 덮이고 큰 나무만 삐쭉 나와 있는 마을. 나는 소설 쓰는 사람도 아닌데 마을을 지나는 동안, 지붕에 쌓인 눈처럼 묵직하게 이야기가 쏟아졌다. 여행 내내 듣던 어쿠스딕 카페의 〈Tears〉에 흐르는 첼로 연주가 물꼬를 텄다.

저 설원에 누군가 앉아 있다. 여자인 것 같기도 하고 남자인 것 같기도 하고, 성별이 없는지도 모른다. 한 사람이 거기에 앉아 제 몸 크기의 첼로를 끌어안고 연주한다. 끝없이 눈만 펼쳐져 있는 벌판에서 끌어안을 거라고는 이 악기뿐이다.

　현을 그으면, 그 묵직한 소리가 조금씩, 조금씩 사방으로 퍼져 나간다. 잔잔하던 선율이 강렬해지고, 깊어진다.

　그렇게 선율이 눈의 알갱이와 알갱이 사이를 지난다. 음악이 퍼져 나가지만 음악을 듣는 것은 조용히 흩날리는 눈발뿐이다. 아름다운 선율은 사방으로 퍼져 나가다가 결국 흩어진다.

　너무 외로워 달이라도 잡아먹고 싶다고 연주자가 생각할 때쯤, 아주 먼 곳에서 무언가 다가온다. 설원에 발자국도 찍지 않는 무언가 현의 소리를 듣고 다가온다. 아주 먼 곳에서 출발했으므로 이쪽으로, 이쪽으로 다가오는데 조금도 가까워지

않는다. 무엇이 오는지 모르겠지만 그것은 아주 오래전부터 그리웠던 누군가인 것 같다.

연주자는 얼음장같이 차가운 팔목을 움직여 계속해서 신호를 보낸다.

나 여기 있어요.

둘에게만 들리는 연주를 따라 무언가 계속해서 다가온다. 온다고 믿는다.

믿으니까 멈출 수 없다.

신호가 끊기면 이곳을 찾지 못할 테니까. 그래서 계속해서 파장을 보낸다. 어디에도 부딪치지 않는 음파를 보내 부른다. 그것이 무엇인지 모른다. 왜 오는지도 모른다. 그런데도 기다려야 할 것 같다. 시인들이 계속 시를 쓰는 것처럼. 식은 첼로를 끌어안고 홀로 앉은 어떤 연주자의 이야기. 질문도 없이 대답도 없이 둘은 듣는다.

만난 적도 없이, 얼굴도 모른 채, 각각 다른 곳에서. 첼로가 내는 소리와 빙하가 부서지는 소리. 아무도 없는 산에서 나무하나 쓰러지는 소리. 어디선가 나를 부르는 소리. 누군가 데리러 올 것 같은 이국의 땅. 그 도시를 통과하는 내내, 그런 이상한 이야기가 떠올랐다.

겨울이면 병이 돋는다.

내가 태어난 날은 혹독하게 추웠고 세상이 온통 눈으로 덮였다고 했다. 한밤중에 태어난 나는 힘차게 울었는데 추워서 우는 것처럼 들렸다고 했다.

따뜻한 양수에 있다가 갑자기 터져 나온 세상은 너무 추웠을 거라고, 그날은 눈이 계속 내렸고, 세상은 죽은 듯이 고요했다고 했다. 내 울음소리만 사방으로 퍼져 나갔다고 했다. 그렇게 태어난 나를 강보에 싸서 어린 엄마가 가난한 아빠의 집으로 들어갔다.

그런 말을 들으면 슬펐다. 와서는 안 될 곳에 온 것 같아서. 거기서부터 시작된 거다.

산다는 거. 살아야 한다는 거.

나의 시는 이런 불시착에서 시작했을 거다. 다른 것으로 나왔어야 하는데, 다른 모양으로 살아야 하는데, 사람의 모습으로 잘못 살아가고 있는 것이 아닌가. 그래서 이토록 외로운 게 아닌가.

어디서 이런 글을 읽은 적이 있다. 어느 날 늙은 스님이 겨울 산으로 저벅저벅 걸어 들어갔다. 거기서 몇 날 며칠 먹지도 않고 걷다가 적당한 곳에 쓰러져 죽었다고. 그럼 스님은 먹을 것 없는 산짐승들의 밥이 된다고. 그런 죽음도 선택할 수 있다고. 그 글을 어디서 봤더라.

후배와 제주의 도로를 달리면서도 비슷한 말을 들었다. 해가 질 즈음, 가로등도 없는 시골길을 달릴 때 그 애가 입을 열었다.

있잖아요, 언니.
일본에는 자살 숲이라고 있대요.

거기에 들어가면 핸드폰도 안 터지고, 나침반도 멈춘대요. 그래서 모두 길을 잃는대요.

어떤 사람들은 일부러 그런 곳에 들어가 죽는대요. 지금도 거기서 사람 유골이 엄청 발견된대요. 여기가 꼭 거기 같지 않아요?

야, 무서워. 그런 말 하지 마.

나는 후배의 말에 핸들을 더 힘주어 잡았다. 등골을 타고 오싹하게 무언가 올라왔다.

누군가 숲으로 들어간다. 아주 고요한 숲을 향해. 그게 낮이든, 밤이든, 상관없다. 햇빛을 받고, 달빛도 받고, 비도 내리고, 뱀도 지나가고, 어딘가 물 흐르는 소리도 들리고, 사람 말고 모든 것이 자연스러운 거기에서 몇 날을 걷는다. 외투도 없고, 과일도 물도 없고, 손전등도 없고, 제 몸 하나 데리고 걷는다. 그리고는 서서히 죽어 간다. 차가운 바위에 앉아서 처음 보는 나무만이 그의 죽음을 지켜본다. 유일하게 바라봐 준다.

자살 숲이라는 말이 생각을 거기까지 끌고 갔다. 그런 생각을 하면 슬펐다.

　누군지 모르는 사람의 무겁고 어두운 삶이 뚜벅뚜벅 내 안
으로 들어오는 것 같았다. 꼭 그런 사람만이 나의 동족인 것
같아서. 시간이 지나 그 사람이 죽은 자리에서 나무가 자라고,
나무였던 나는 사람이 되고, 그렇게 엇갈리게 세상에 나온 것
같아서. 사랑이든, 우정이든, 마음을 붙일 유일한 동족이 그처
럼 다른 모양으로 사는 것 같아서.

　우리는 이토록 외로운 게 아닐까?

　어쩌면 그런 숲길을 오래 걸어, 걷고 또 걸어 내가 이 세상
에 나온 게 아닐까. 결국 나는 그런 것을 쓰고 싶은 게 아닐까.

그래서 내가 쓴 시를 나의 동족과 나만이 알아듣는 게 아닐까. 그래서 사람들이 너의 시는 무슨 말을 하는지 모르겠구나, 하면서 안 읽어 주는 게 아닐까.

대답해 줄 동족은 지금 입이 없으니 그저, 제 가지를 떨어뜨리는 것으로 유일하게 소리를 내는 그의 대답을 상상하는 것이다.

듣는 것이다. 종족을 가르는 칸막이 같은 문을 활짝 열고, 문이란 문은 다 열고 그런 목소리를 들어 보는 것이다. 오직 겨울에만 들리는 침묵.

*

강원도 인제의 자작나무 숲에서 흰 나무를 안았던 적이 있다. 저 위에서부터 전해 오는 진동에 내 몸이 미세하게 흔들렸다. 아무래도 나는 사람으로 태어났으면 안 됐을 거 같아, 그치? 그런 말을 알아듣는 나무.

겨울을 나고 있는 깊은 숲을 보면 마음이 끌린다. 그 하얀 몸에 눈이랑 코랑 입을 그려 넣으면 나랑 이름을 바꾸어도 하나 이상할 것 같지 않다.

　그 숲에서 자작나무의 벗겨진 수피를 가져와 편지를 썼었다. 편지를 주고, 받으며 부서질까 봐 비닐에 고이 감싸 놓고 상자에 넣어 뒀었다.

　나무의 피부에 뭐라고 뭐라고 적었던 말들도 이제 힘을 잃었지만 몇 번의 겨울이 너 지나면서 그 말들도 서랍에서 상자로, 그리고 베란다로 이사를 했지만 그리고 결국 사라질 테지만 그래서 아무것도 아니지만, 어쩐지 이 수피에선 오랫동안 내 살냄새가 날 것만 같다.

　이상하게 이 계절의 가운데만 오면 왈칵 슬퍼지는데 그럼 어김없이 내가 태어난 날이 다가오고 있다. 그래서 한 번씩 짐을 싸는 것이다. 굵은 눈송이가 회색 바다로 풍덩풍덩 빠져 들어가는 것을 종일 바라보다가 이 바다 어딘가에선 빙하가 둥둥 떠다니겠구나 그런 상상을 하기 위해.

겨울엔 병이 돋는다.
사랑해서. 이 계절을 사랑해서 병이 돋는다.

바람에 밀려 눈이 위에서 아래로 오는 게 아니라 왼쪽에서 오른쪽으로 떠밀려 가는 장면을 사랑해서. 쌓이는 것 말고는 할 일이 없는 폭설을 사랑해서. 통장을 탈탈 털어 북해도행 항공권을 끊는 것도, 기차를 타고 몇 시간이고 폭설만 바라보며 달릴 수 있는 이 계절을 사랑해서이다.

사람 키만큼 쌓여 공중전화 하나를 삼켜 버리던, 모양이란 모양은 다 집어삼키던 눈이 쏟아지는 광경이 보고 싶어서, 거기에 갇히고 싶어서 겨울이면 또 병이 돋는다.

볼이 꽝꽝 얼어 빨개질 때까지 찬 바람을 맞으며 걷고 또 걷다가 버스에 올라타면 조금씩 미지근해지는 무릎의 온도를 사랑해서. 더 지독한 겨울 속으로 들어가는 거다. 거기서 계속되는 흰 날들.
그러면 일 년 동안 사람에게 받았던 열기가 빠져나가 조금

살겠는 거. 머리가 날아갈 정도로 찬 바람을 맞으면, 그나마 살겠는 거. 아무래도 이건 나무가 된 동족이 보내 주는 신호 같다.

살아라. 계속 살아라. 위로해 주는 것 같아서. 매서운 바람이 따뜻해서. 눈물이 핑 도는 거다.

아주 나중에 내가 나무가 되고 나의 동족이 사람이 되었을 때, 그가 너무 외로워 혼자 숲길을 걷다가 우연히 나를 바라본다면, 와서 꼭 껴안는다면, 불행하게도 그가 시를 쓰고 있다면, 그런 것을 쓰고 있다면, 그의 가슴이 두근대는 소리가 뿌리부터 가지까지 온몸에 퍼진다면, 언젠가 숲에서 내가 안았던 나무처럼 아무 말도 못 하고, 가만가만 흔들리는 게 전부겠지.

그가 나의 피부를 조금 벗겨 가 거기에 편지를 쓰고 그걸 누군가에게 주고 그 사랑이 끝나고 설망하고 또 다른 사랑을 시작하고 죽고 어떤 혹독한 겨울에 태어나고 어쩌면 나무가 되고 우리가 단 한 번도 같은 모양으로 만날 수 없다고 해도 이 이상한 병을 나눠 가질 수 있는 무언가가 있다는 것만으로도 꽤 따뜻하겠지.

살아라. 지금처럼 살아라. 바람을 시켜 등을 밀어 주는 거.

그런 차가운 위로를 받을 수 있는 이 겨울을 사랑해서, 또 병이 돈다.

내가   □
살아 있다는

소문

너
무
긴,
골
목

그런 골목이 있다.

가난한 남자와 가난한 여자가 결혼해 내가 나왔다. 내가 나오고 동생 둘이 골목 같은 엄마의 몸을 빠져나왔다. 가족이 된 우리는 작은 방에서 살았다. 끝없이 뻗어 있는 골목의 어딘가에 숨겨진 방이었다.

어른들은 아침이면 모두 골목을 빠져나갔다. 어른들이 빠져나간 골목에서 아이들은 긴 하루를 견뎠다.

골목은 놀이터였다. 지나가는 고양이에게 돌을 던지고, 전

나는 어떻게 살고 있습니까? 나보다 이상합니까?

봇대에 고무줄을 묶고, 경사진 골목 아래로 페달 없는 자전거를 타고 달려가면서 긴 하루를 견뎠다.

　엄마가 도착할 때까지, 동물원 한번 가 보지 않은 아이들은 그 시간들을 거기서 견뎠다. 모두 공평하게 가난했다.

　골목 안에서 나의 신분이 달라지는 날이 있었는데 그날은 바다삼촌이 오는 날이다.

　바다삼촌은 원양 어선을 탔다. 아주 가끔 한국에 들어왔고 그때마다 우리에게 진귀한 물건을 가져다주었다. 늘 바다에 나가 있어서 우리 형제는 그를 바다삼촌이라 불렀다.

　　나는 삼촌이 가져온 간식이며 학용품을 들고 골목에 나가 자랑했다. 아이들은 벌 떼처럼 몰려들어 초콜릿을 뜯어먹었다.

또 그런 골목이 있다

　　외갓집에서 하루 종일 내려다보던 골목. 연년생 동생들을 낳은 엄마가 몸조리하는 데 나는 방해가 됐다. 어린 나는 자주 외갓집에 보내졌다. 엄마를 부르며 울어도 안 됐다. 첫째라서 그래야 한다고 했다. 언니니까 참아야 한다고 했다. 열 밤만 자면 데리러 온다고 했다.

　　드디어 기다리던 열 번째 밤이 지나고 이제 집으로 갈 수 있

다는 기대감에 나는 아침부터 골목을 내다봤다. 아무도 나타나지 않던 골목에 해가 지고 열한 번째 밤을 보내기 위해 이부자리로 들어갔을 때 깨달았다. 나는 외갓집으로 격리되었다는 걸. 엄마에게서 철저하게 분리되었다는 걸.

그때 여자가 나타났다.

바다삼촌이 배 타기를 관두고 한 여자를 데리고 왔다. 잠에서 깨어났을 때 여자는 마루를 닦고 있었다. 마루에 엎드려 걸레질하면서 홈이 깊게 파인 곳에 낀 무언가를 빡빡 닦아 내고 있었다.

　엄마가 온 줄 알고 벌떡 일어났지만 여자는 엄마가 아니었다. 안녕? 경쾌한 인사를 건네던 여자는 단아하고 예뻤다.

　이제부턴 외숙모라고 불러. 삼촌이 말했다. 결혼식도 없이 어지는 외숙모가 됐다.

　여자와 나는 긴 낮을 함께 보냈다. 여자는 계란을 부쳐 밥에 얹어 주고 어른용 수저가 아닌 포크를 내게 쥐어 주었다. 열에 들뜬 나를 앉히고 숟가락에 약을 갠 것도 그녀였고, 약을 삼킬 때까지 쓴맛이 번지지 않게 코를 잡아 준 것도 그녀였다. 낯선 여자의 등장이 엄마에 대한 기다림을 멈추게 했다.

이곳에서 여자는 온전히 내 것이다. 동생들이 뺏어 가지 않는 내 것. 여자는 엄마처럼 나를 혼자 버려두지 않았다. 내게 소리를 지르거나 인상을 쓰지도 않았다. 뭘 해도 웃어 주었다. 흙장난을 하고 더러운 옷으로 들어가도 여자는 조용히 나를 씻기고 옷을 갈아입혔다.

여자가 외갓집에 온 뒤로 나는 손가락으로 몇 밤이 지났는지 세지 않았다. 자고 일어나면 가장 먼저 여자를 찾았다. 부엌에서 밥 냄새에 뒤섞여 채소를 썰고 있는 여자의 모습을 보면 안심이 됐다.

술 취한 외할아버지의 고함이 들리지 않게 내 귀를 막아 준 것도 그녀였다. 우리는 골목을 한 바퀴 돌았다. 나를 업었나, 손을 잡았나 기억나지 않지만 우리는 풀벌레 우는 논 옆을 오래 걸었다. 함께 있어서 그토록 깜깜한 밤도 무섭지 않았다.

여자가 골목을 빠져나가는 것도 나만 봤다. 마루에 있는 요강에 앉아서 눈을 비비고 나서야 골목 끝으로 사라지는 여자를 알아보았다.

가방 하나를 들고 떠나가는 여자를 보고 "숙모!" 하고 부르지도 못했다. 낡은 골목을 빠져나가는 여자의 등은 싸늘하고 단호했다. 나는 아주 어렸지만 여자가 다시 오지 않을 거란 걸

알고 있었다.

인숙이?

삼촌의 메말랐던 눈이 이내 흔들렸다. 얼마 전 가족들과 바다삼촌이 술을 먹던 자리였다.
외갓집에서 같이 지냈던 여자 있었잖아,
라고 말하자 삼촌은 그걸 기억하느냐고 되물었다.
손을 바닥 가까이 대면서
니가 아주 어릴 때였어,
라는 말도 덧붙였다.
나는 고개를 끄덕였다.

여자 이름은 인숙이었다. 삼십 년이 지나 여자의 이름을 처음 들었다. 쥐가 나오는 작은 방에서 삼촌과 지냈던 여자의 이름은 인숙이었다.
정 많고 놀기 좋아하고 사고 치고 다니던 이십 대 삼촌이 처음으로 집에 데려와 살기 시작한 여자였다. 외할머니의 속을 제대로 썩인 삼촌이 처음으로 데려온 여자였다. 삼촌은 소주를 입에 털어 넣고 말을 이었다.

여자를 찾으려고 2년을 떠돌았어.

오토바이를 타고 안 찾아다닌 곳이 없어.

몰랐던 사실이었다. 삼촌에게 그런 순정이 있었다니. 여자를 찾아 오토바이를 타고 달려가는 삼촌의 벌건 눈이 떠올랐다. 삼촌의 잘못이라고 했다. 철없던 시절, 소중한 줄 모르고 여자를 못 견디게 했다고 했다.

그래서 찾았어?

나의 물음에 삼촌은 고개를 저었다. 터미널에서 마주친 것 같았는데 긴가민가하는 사이에 놓쳤다고 했다. 막상 여자일 거라는 확신이 드니 머리가 하얘지면서 몸이 얼어붙었다고 했다. 상상했던 수많은 시뮬레이션을 하나도 실행하지 못했다고 했다.

그렇게 영영 여자를 놓쳤다고 했다. 삼촌은 살짝 셔츠를 내려 쇄골 밑에 새겨진 문신을 보여 주었다. 살이 빠지고 늘어져 이제는 형체도 알아볼 수 없는 여인이 거기 있었다. 얼굴은 선명하지 않았으나 긴 머리 하나는 또렷하게 보였다.

여자였다. 내게 밥을 떠먹이고 머리를 묶어 주던 여자. 천천히 골목을 빠져나가던 여자. 조용하고 차갑게 걸어가던 여자.

여자의 뒷모습을 따라 체온계의 붉은 선이 급격히 내려가던 그 밤.

골목을 빠져나간 여자는 어디로 갔을까. 가면서 울었을까. 소시지 없는 밥상에 앉아 어른 숟가락으로 밥을 퍼먹을 나를 생각했을까.

오래전, 골목이 여자를 가져갔다. 화려하고 좋은 것들은 죄다 골목 아래 사는 것처럼, 누가 잡아당기는 것처럼, 빠져나가 버린다.

여자는 골목을 빠져나가 행복해졌을까.
정말, 밖, 으로 나갔을까.

사진 한 장을 발견했다.
아기인 내가 엄마 품에 안겨 새근새근 자고 있는 사진.
젊은 엄마가 아주 귀한 것인 양 나를 꼭 끌어안고 있는 사진.
나는 빨간 운동화를 신고 볼살을 늘어뜨린 채 잠들어 있었다.
처음 보는 광경.
사진 한 장에 이상하게 몸이 따뜻해졌다.

마음이 다섯 살에 머물러 있습니다.

심리 상담을 해주시던 선생님이 말했다. 다섯 살 때 충분히
응석을 부리지 못해 지금도 그 마음에 머물고 있는 거라고.

애인이나 친구를 사귀다 관계가 깊어지면 다섯 살 모습이 튀어나와 애원하고 징징대고 집착하고 응석 부리는 거라고. 보상 심리가 남아 있는 다섯 살. 남들보다 두 배는 응석을 부렸어야 하는 다섯 살.

나의 다섯 살엔 무슨 일이 있었나? 그때는 모든 것이 슬펐다. 미끄럼틀도 슬펐고 시소도 슬펐고 구름도 슬펐다.

어디에도 내 자리는 없었다. 연년생 동생들에게 엄마를 뺏기고, 아빠를 뺏기고, 나는 외갓집에 맡겨져 혼자 있었다. 모든 것이 차단되어 스스로 포기한 다섯 살.

그러다가 오랜만에 만나는 엄마는 동생들에 치여 화내고,
명령하고, 지배하는 엄마였다.

하루는 가족끼리 모여 앉아 앨범을 보다가 엄마의 젊은 시
절 사진을 보았다. 잔뜩 찡그린 얼굴, 곁에 다가가면 톡 쏠 것
같았다. 엄마 옆에는 어린 나와 동생들이 있었다. 지금의 조카
처럼 예쁘고 귀여운 아이들이었다.

나는 물었다.

엄마, 이때 표정이 왜 이랬어?

그땐 고단했어. 좋을 게 뭐 있었니?
너희 이쁜 줄도 몰랐지.

지금 나보다 훨씬 어렸던 엄마의 얼굴은 지쳐 보였다. 모든
짐을 홀로 떠안은 여자의 얼굴이 거기 들어 있었다.

*

이상한 게 발견됐어요.

심리 검사 결과지를 펼친 선생님이 연필에 달린 지우개로 탁자를 톡톡 쳤다.

관계에 대한 건데요. 두렵고 무서운 대상이 아니라 편안한 대상들과도 밀착 관계를 맺는 게 어려워 보여요. 이건 엄마와의 관계에서 비롯된 거거든요?

밀착 관계요?

네. 친한 친구 별로 없죠?

나는 고개를 끄덕였다

두루두루 잘 지내지만 깊게 사교하는 사람들 별로 없죠?

선생님의 말에 울컥 마음이 상했다. 어린 시절부터 꾹꾹 눌러 왔던 원망과 응석이 낚싯바늘에 걸려 저 밑바닥에서 질질 끌려 올라왔다.

이게 다 엄마 때문이다. 늘 혼자 있고, 자신감 없고, 누구에게 부탁 하나 못 하고, 쩔쩔매고, 주눅 들고, 두렵고, 세상 모든 것에 쫄아 붙어 있는 나의 마음은 다 엄마가 만든 거다.

어린 나를 혼자 있게 하고 공포에 떨게 한 엄마 때문이다. 지금도 물건 하나 환불하지 못하고, 불리한 일을 당해도 싸움 한번 못 하고, 애인들에게 징징거리고, 슬픔에 빠지면 씩씩하게 빠져나오지 못하고 몇 날 며칠을 끙끙대며 사는 것이다. 결정 하나 못 내리고, 눈치 보고, 애처럼 사는 것이다.

상담이 끝난 후 집으로 돌아와 문을 쾅 닫았다. 식탁에 볶음밥을 내놓은 엄마에게 신경질을 냈다. 밥이 왜 이렇게 짜! 엄마는 왜 조미료를 써. 와다다다다 쏟아져 나왔다. 옛날에 엄마도 그랬으니까. 숨어 있던 슬픔이 왈칵 올라와서 눈두덩에 열기가 올랐다. 밥이 짜다는 핑계로 진짜 하고 싶은 말이 안에서 터져 나왔다.

어린 나한테 왜 그랬어. 애기인 나한테, 나한테 왜 그랬어! 왜 안아 주지 않고 화만 냈어. 왜 그랬어. 왜 아빠 대신 미워했어.

그러고 집을 나섰는데 여동생이 전화를 걸었다.

오늘 어떻게 할 거야?
뭘?
엄마 생일. 밥이라도 먹어야지. 환갑인데.
환갑?

응. 점쟁이가 잔치하지 말고 밥도 먹지 말라고 해서 그냥 넘어가자고 했잖아? 그래도 간단하게 맥주라도 마셔야 하는 거 아닌가 해서 언니에게 물어보려고.

*

아직까지 집을 나가지 않은 이유가 뭐죠?

심리 선생님의 질문에 나는 답했다.

돈이 없어서요.

아닐걸요? 뭔가 보상받으려는 심리가 있는 것 같습니다. 무의식중에 어린 시절에 못 받은 사랑을 받고 싶다는 심리라든가.

아닌데요. 그냥 화가 나요. 나에게 조금만 강압적으로 말하는 대상들 앞에서는 얼어붙어요. 나를 설명하지 못하겠어요. 나의 입장을 모르겠어요. 선생님, 이게 다 엄마 때문인가요?

그런 부분도 있지만 인간은 대체로 다 그래요. 아마 사랑하는 방식이 달랐을 거예요. 잘 생각해 보세요. 엄마가 사랑하지 않은 건 아니에요. 서로 전파하는 지점이 달랐을 테니까.

　이사하면서 알았다. 엄마 아빠의 짐보다 나의 짐이 두 배로 많다는 걸. 30년은 더 된 숟가락을 쓰고, 20년은 더 된 칙칙한 가구와 뭐 하나 못 버리고 죄다 끌고 온 엄마의 살림살이는 새로운 집에 옮겨 놓으니 꾀죄죄해 보였다.

　엄마의 초라한 살림살이가, 거기에 붙어서 살고 있는 내가. 아직도 징징거리고 있는 내가. 엄마보다 하나 나을 게 없었다. 나도 거기서 왔고, 그녀의 숟가락으로 밥을 먹고, 그녀의 치약으로 이를 닦고 있다는 것.

　다섯 살 같은 내게 밥을 해주고, 옷을 빨아 주고, 한여름 새벽에 비가 들이치면 창문을 닫아 주고, 새로 산 나의 자동차 앞에서 불경을 외워 주고, 바퀴에 막걸리를 부어 주는 엄마. 그것이 엄마가 사랑하는 방식이다.

　공영 주차장에서 주차 요금 받는 아저씨들 있잖아. 전동 휠체어 타고 다니시는 분들. 그분들과 몇 천 원 때문에 싸우지 마라. 그냥 드려라. 그게 그분들 생계다.

　우리 형제가 모인 자리에서 그런 당부를 하는 엄마.

한겨울에 지하상가에 들어가다가 맨발로 구걸하는 남자아이에게 양말을 벗어 주는 엄마. 내 생일에 명 길어지라고 불당에 국수를 올리는 엄마. 그리 반대했던 게 미안해 문학으로 잘되라고 일 년 기도를 드리는 엄마. 할머니, 외삼촌들, 사돈에 팔촌까지 국을 끓여 나르는 엄마. 나를 한없이 기다리게 했던 엄마. 아직까지 나를 지배하는 엄마. 어렸을 때 엄마의 엄마에게 그렇게 배운 엄마. 엄마가 없는 엄마. 아빠도 없는 엄마. 이제는 나를 기다리는 엄마.

나는 자주 기차를 탔는데 선로를 따라가면 미궁 같은 삶에서 빠져나갈 수 있겠다 싶었다.

긴 아리아드네의 실처럼 선로를 따라가 터널을 통과하면 근사한 나와 교차할 것 같았다. 그런 희망이 자주 나를 역으로 밀고 갔는데 돌이켜 보면 이 생각은 아빠에게서 왔다.

아빠의 직업은 기관사. 삼십 년 가까이 기차를 운행했다.

아침에 출근해 저녁에 퇴근하는 게 아니라 새벽에도 출근하고 저녁에도 출근하고 명절에도 출근했다.

언젠가 잠결에 아빠와 엄마의 목소리를 들었다. 단칸방에

조르르 아빠, 엄마, 남동생, 여동생, 그리고 내가 나란히 누워 자던 시절이었다.

노루 한 마리가 뛰어들었어.

아빠의 목소리는 불 꺼진 단칸방을 횡단했다. 선로를 지나는 노루를 발견했을 땐 이미 늦은 거라고 아빠는 말했다. 기적을 울리고 브레이크를 잡아도 결국은 칠 수밖에 없다고. 결국 기차는 노루와 충돌했다. 퍽 하는 소리와 함께 운행은 잠시 중단됐다.

기관사와 기관조사가 내려 죽은 노루를 철로 밖으로 끌어냈다. 축 처진 노루 한 마리를 장정 두 명이 끌어내는데 십 분이 넘게 걸렸다. 노루를 끌어내는 동안 어미를 잃은 새끼가 자리를 지키고 있었다.

어둠을 가르고 들려오는 아빠의 말에 떠오른 장면은 공포였다. 열 살이 채 되기 전이었는데 그 말을 덤덤하게 전하는 아빠가 미웠다.

아빠가 노루를 죽였어.

내내 마음이 슬펐다.

발견했을 땐, 이미 어쩔 수 없어.

불가항력.

원래는 노루의 길이었을 거다. 철로이기 전에 노루의 아버지와 할아버지가 지나가던 길이었을 거다. 그 자리에 철길이 놓이고 거대한 기차가 달리기 시작했겠지. 몸이 기억하는 길을 피해 다른 길을 찾기까지 노루들에겐 또 오랜 시간이 필요하겠지.

성인이 되고 15년 넘게 철로 옆에 살았다. 철길에는 살이 빠진 우산과 운동화 한 짝 같은 것이 버려져 있었다. 불을 끄고 누우면 기차 지나는 소리가 선명하게 들렸다. 하루도 빠짐없이 기차는 지나갔고 길게 멀어지는 기차의 꽁무니를 머릿속으로 그릴 수도 있었다.

기차는 가정집에서 살림이 부서지는 소리와 늦은 밤 사창가에서 울고 있는 어린 여자와는 상관없이 지나갔다. 역이 아니면 서지 않는 기차의 임무를 기차는 성실하게 수행했다.

그처럼 무심한 기차도 역이 아닌 곳에 멈추는 순간이 있다. 살아 있는 것과 부딪혔을 때 기차는 얼어붙는다. 기차와 세상이 섞인다.

얼마 전, 아빠의 기차는 사람과 부딪혔다.

이번엔 노루가 아닌 사람이었다. 밤이었고 주변에는 불빛 하나 없었다.

밤기차를 몰면 어두컴컴한 짐승의 입속으로 삼켜지는 것처럼 무작정 빨려 들어간다. 어둠에서 출발해 어둠으로 도착하는 밤기차를 몰다가 아빠는 발견했다.

철길에 앉아 있는 사람을. 기차가 달려오는 방향으로 등을 돌린 채 누군가 철로 가운데 앉아 있었다. 불빛 하나 없는 철로에 앉아 저 앞으로 이어지는 어둠을 응시하고 있었다.

발견했을 땐 이미, 늦었다.

아빠는 최대한 속도를 줄이며 동네가 떠나가라 기적을 울렸다. 속으로 다급하게 외쳤다. 정신을 차려라. 지금 당장 일어서 철로 밖으로 굴러라. 그러면 살 수 있다.

아빠의 손에서 진땀이 났다. 이백 미터, 백 미터 거리가 점점 가까워질 때까지 등을 돌리고 앉은 사람은 꼼짝도 하지 않았다. 저쪽으로 이어진 철길을 향해 하얀 입김만 내뿜고 있을

뿐이었다.

아빠는 눈을 질끈 감았다. 사지가 떨렸다. 무거운 추가 물렁한 살을 뭉개는 것 같았다.

사고 장소가 구미였기에 아빠는 구미경찰서로 조사를 받으러 갔다. 엄마가 동행했다. 경찰서에서 만난 유가족들은 초점 없는 눈으로 아빠를 바라봤다고 한다. 아빠의 가슴을 주먹으로 팡팡 치면서 내 새끼 살려 내라고 통곡할 줄 알았던 유가족은 의외로 덤덤하게 물었다.

혹시 철도공사에서 피해 보상을 해줍니까.

순간, 아빠는 피해라는 말이 목에 걸렸다.
누가 피해자란 말인가.

굽은 등이 선명하던 며칠 전, 밤이 떠올랐다.
울컥 올라오는 감정을 삼키면서 아빠는 말했다.

그런 사례는 없습니다.

사망한 남자는 스물네 살 청년이었다. 스물넷. 아빠와는 서른여섯 살 차이. 당신의 아들보다 8살이나 어린 청년이 아빠의 기차에 치였다.

그 충돌이 세상과의 마지막 접촉이었다.

그날 밤, 아빠는 청년이 맨발로 철길을 따라 오래 걸어 사고 지점에 도착했다는 사실을 새롭게 알았다. 청년의 발은 찔리고 까져 있었고, 꽤 멀리 떨어진 곳에서 가지런히 벗어 놓은 신발이 발견되었다. 혹독하게 추운 날 더는 소중하지 않은 제 몸이 꽁꽁 얼어 버릴 때까지 철길을 따라 걸었던 것이다.

어쩌면 그는 기차와 충돌하는 순간, 쨍 하고 깨지기를 바랐던 걸까? 쨍그랑, 깨져 버리는 죽음이길 바랐던 걸까?

기차도 그런 충돌이 아플까. 어떤 날 문득, 제가 들이받은 살과 피가 모두 기억나지 않을까. 그렇다면 기차는 흉기가 된 제 몸을 어떻게 견디나. 이렇게 많은 사람들이 올라타는데, 부딪치는데 이 무거운 몸들을 어떻게 참고, 견디나.

죽는 것은 볼록해지는 건지도 몰라.

제주에 머무는 동안 볼록한 것들을 봤다. 오름이라든가. 떨어진 귤이라든가. 한 송이가 통째로 떨어져 쌓인 동백은 숨이 끊어진 채 고요하고 볼록했다.

볼록한 걸 보니 네가 떠올랐다. 먼저 죽은 너. 암세포에 몸을 뺏긴 너. 가을이 데려간 너.

서른넷 봄. 너의 남편 전화를 받고 고대병원 중환자실로 달려갔다. 내가 도착하자 복도에 앉아 있던 너의 가족들이 차례로 일어났다. 너를 거기에 두고 가족들은 집으로 갈 수가 없었다. 복도의 좁은 의자에 앉아 중환자실 면회 시간을 기다리는게 가족이 할 수 있는 전부였다.

결혼식 때 뵀어요.

나를 의아하게 바라보는 너의 엄마를 향해 나는 말했다. 고등학교 친구예요. 너의 남편이 말을 붙였다. 너와 닮은 네 엄마의 퀭한 눈이 안심하는 듯 나를 봤다.

너의 가족을 뒤로하고 들어선 중환자실엔 너의 작은 몸이 있었다. 침대에 누워 볼록한 산소마스크를 쓰고 있던 너의 몸은 기이했다.
이제 곧 죽을 거라는데. 며칠 안 남았다는데. 너의 팔과 다리, 얼굴은 당장이라도 움직일 것처럼 힘 있어 보였다. 뼈밖에 남지 않았으면 어쩌나 걱정했던 마음이 어벙벙하게 공중을 떠돌았다. 너는 여전히 통통하고 팽팽했다. 아직 피가 흐르고 근육이 남아 있는 피부.

너의 병은 안에서 터졌다고 했다. 계속해서 복부가 차올랐는데 통증도 없었다고 했다. 너는 그저 살이 찌는 거라 생각했다. 아무래도 이상했다. 임신한 것처럼 너무 오래 배가 불렀다.

나는 이렇게 살고 있습니다 다니냐샤

혹시나 하는 마음에 너는 병원을 찾았다. 청천벽력 같은 결과가 나왔다. 암일 가능성이 있다는 진단. 오진일지 모르니 다른 병원에 가 보자고 가족들이 말했다. 너는 무서웠다. 다른 병원을 예약하고 검사받는 중에 암은 계속해서 퍼졌다. 젊어서 전이가 빨랐다. 암의 뿌리가 어디에 있는지 찾는 동안, 그 잠깐 동안 암세포가 너의 속을 여기저기 파먹었다고 했다.

저 아까운 몸. 저 팽팽한 몸을 어쩌나. 어쩔 줄 모르는 마음으로 누리번거리고 있는데, 너의 남편이 의식 없는 너의 귀에 대고 속삭였다.

손미 왔어. 매번 니 전화를 받지 않던 손미가 왔어…….

그 말에 손미가 왔어?, 하고 너는 금세 일어나 눈을 흘길 것 같았다. 전화 좀 받아. 핀잔하듯 얘기할 것 같았다. 그러나 너는 눈조차 뜨지 못했다.

많이 힘들지? 곧 편해질 거야. ○○이는 내가 잘 키울게.

너의 귀에 대고 너의 남편이 말했다. 여섯 살 난 딸아이 이름이 들리자 너의 눈가에 눈물이 흘렀다. 이렇게 말을 알아듣고 눈물을 흘리는데, 너는 곧 죽는다.

드넓고 환한 중환자실에서 너는 죽는다. 시멘트 벽으로 둘러싸인 병실에 모르는 사람들과 나란히 누워서 기계 소리, 전화벨 소리, 누군가 죽어 가는 소리가 교차하는 곳에서. 사랑하는 사람도 없이 너는 혼자 죽어 가고 있었다.

의식이 들어왔다 나갔다 하는 동안 너는 얼마나 무서웠을까. 겁이 많아 밤 10시만 넘어도 혼자 밤길을 걷지 않던 너인데. 낯선 사람을 두려워하던 너인데. 고향인 대전을 벗어나면 큰일 난다고 생각했던 너인데.

고등학교 3학년 교실, 맨 앞에 앉았던 너는 말이 없고 잠이 많았다. 갑상선에 문제가 있어 매일 잠이 쏟아진다고 했다. 맨 뒤에 앉은 나는 엎드려 있는 너의 등을 보며 고3을 보냈다. 네가 죽을 거라고는 상상도 하지 못했던 열여덟 살이었다.

너는 정말 며칠 후에 죽었다. 너를 화장하는 동안 너의 가족과 나는 대기실에 앉아 YTN 뉴스를 봤다. 앞자리에 너의 남편이 앉아 있었다. 저 사람 뒷머리가 눌렸구나 생각했다. 뉴스에서 북한이 핵 실험을 한다고 했던 것 같다. 너의 남편은 그 소식에 눈을 두고 있었다. 저 사람 왼쪽 어깨가 기울었구나 생각했다.

이제 저 사람의 그릇은 누가 닦아 주나. 집안일을 하지 않는다고 들었는데 옷은 누가 빨아 주나. 네가 처음이자 마지막으로 사랑했던 저 남자는 이제 어떻게 사나. 고작 서른넷인데. 너는 지금, 불타고 있는데, 녹고 있는데, 이제 저 남자는 영영 너를 끌어안을 수 없겠구나. 그런 생각이 그의 뒤통수에 매달렸다.

신장이 160센티미터도 안 되던 너는 유골함에 들어갔다. 그 도자기가 너의 집이 됐나.

죽음은 볼록해지는 것이다. 고요하게 볼록해진 채 아직 거기 있다고 신호를 보내는 것이다. 한 칸이든 무덤이든 밖으로 빠져나오지 못한 목소리를 안에 드글드글 담고 있으면서.

분명 여행 한번 안 갔을 너는 그 섬에 가 보지 못했을 텐데 나는 섬의 공동묘지를 지나며 너의 마지막을 생생하게 떠올렸다. 새별오름 입구에 다닥다닥 붙어 있던 공동묘지는 떨어진 열매 같다가, 중환자실에 모여 있는 침대들 같다가, 너의 물렁한 몸 같았다. 모르는 몸들이 누워 있는 완만한 곡선은 네가 가진 한 칸처럼 조용했다.

오름 어딘가에 숨을 곳 없어 쉽게 들키는 말들도 있었다. 묶

여서 제주의 바람을 갈기에 맞고 있는 짐승. 부어오른 염증같이 볼록하게 살아 있는 몸들.

그런 풍경 앞에선 어김없이 네가 말을 건다.

네가 기차 타고, 버스 타고 부지런히 헤매는 세상도 결국은 볼록하잖아. 네가 아무리 자전거 페달을 빨리 밟고 달아나려 해도 벗어날 수 없잖아. 거기에 갇혀 있잖아. 결국, 너도 거기 볼록하게 서 있잖아. 다 들키잖아. 그게 다잖아.

오늘도 살아 있는 사람들이 팔다리를 흔들며 바쁘게 걷는다. 부딪히는 서로의 몸을 감지하면서 오늘이 전부인 듯 산다.

매일 문을 나설 때 막을 찢는 것처럼 버겁게 하루를 시작하고, 자주 숨이 막히고, 전봇대 아래에서 훌쩍이다가 다시 통장 잔고를 확인하면서, 자주 초원의 말처럼 덩그러니 혼자이면서, 우수수 떨어진 과일처럼 볼록한 몸 하나를 땅에 붙이고 걷고 있는지 모르겠다.

그중 몇 명은 시를 쓰면서, 자주 의심하고 자주 좌절하면서, 그럼에도 유일하게 나를 증명해 줄 음각 같은 시를 파면서, 이 세상에 '나'라는 슬픈 모양을 찍고 있는지도 모른다.

나는 이렇게 살고 있습니다만 이상합니까?

편지를 훔친 적이 있다.

우편함에 꽂힌 분홍색 편지지가 선악과처럼 탐스러워서.
속이 꽉 찬 분홍 봉투 속 이야기가 너무 궁금했다.

5층짜리 주공 아파트의 우편함은 공평하게 열 칸. 청구서와
편지가 거의 노출되는 우편함. 옆집 윗집 아랫집의 사정을 대
충 알 수 있는 관계들.

나는 초등학교 6학년 때부터 고등학교를 졸업할 때까지 거
기에 살았다.

층층이 자리한 열 가구가 하나의 입구를 썼다. 101호 102호

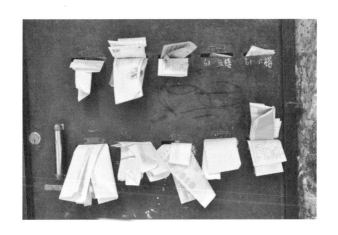

가 마주 보고 있고 위층엔 201호 202호. 그렇게 3층 4층 5층까지 이어져 총 열 가구. 옆 라인은 103호 104호 또 그 옆 라인은 105호 106호…… 한 동에 40가구가 옹기종기 살았다.

조금 다른 것은 101호가 16평이면 102호는 19평. 짝수 호수는 3평짜리 방 하나가 더 있었다. 모두 열다섯 동이었으니까 600가구가 똑같은 모양에서 살았다.

방 위에 방이고 화장실 위는 화장실이고 특별히 다를 것도 없는 구조와 살림살이들. 때가 되면 밥 냄새가 풍기고 어떤 집에서 카레를 하는지, 라면을 끓이는지, 저녁 메뉴를 냄새로 공유하는 아파트였다.

우리 집은 16평짜리 503호. 앞집인 504호는 늘 문이 굳게 닫혀 있었다. 가끔, 계단을 오르내리는 구두 소리가 들렸지만 누가 사는지 한 번도 마주치진 않았다. 한밤중에 또각또각 계단을 올라오는 구두 소리가 앞집 현관에서 멈췄다 사라졌다. 여자 구두 소리 말고는 504호를 찾는 다른 발소리는 없었다. 이 작은 아파트에서 좁은 계단을 오르내리는 발소리는 입주자들의 공동 소유였다.

504호에 사는 여자를 딱 한 번 마주친 적이 있다. 열쇠를 잃어버린 날, 오도 가도 못하고 계단에 앉아 있던 토요일이었다. 한낮이었고 한여름의 열기가 계단을 가득 채우고 있었다.

2층에 사는 아이들이 쿵쾅쿵쾅 계단을 오르는 소리도 저 아래서 사라졌고, 문이 열리고 닫히는 소리도 저 아래서 한 번씩 들렸다.

또각또각 빈 계단에 울리는 구두 소리. 앞집 여자였다. 일정한 간격으로 이어지는 소리는 끊기지 않고 이쪽으로 이어졌다. 나는 자리에서 일어났다. 엘리베이터가 없으므로 서둘러 계단을 내려가도 여자와 마주칠 것이고 이대로 계단에 앉아 있어도 여자와 마주칠 것이다.

그렇게 여자와 처음 마주쳤다. 30대 중반에서 40대 초반으로 보이는 여자는 교복을 입고 멀뚱하게 서 있는 나를 보고 놀란 듯 보였다. 단정한 머리, 투피스 차림. 서류 가방. 하얀 피부.

이 동네에서 볼 수 없던 모습이었다. 눈길이 서로의 눈과 어깨와 머리에 부딪쳤다.

여자가 내 옆을 스치고 지나갔다. 달콤한 향기가 났다. 내 눈은 천천히 계단을 올라가는 여자의 뒷모습을 좇았다.

그토록 궁금했던 504호의 현관이 열렸다. 나는 목을 길게 빼고 여자의 집을 들여다보았다. 커다란 가죽 소파와 의자들이 보였다. 문이 닫히는 순간까지 보이는 전부가 의자였다.

혼자 사는 여자의 집에 왜 그리 많은 의자가 필요했을까. 나는 우리 집엔 단 하나의 의자도 없다는 사실을 떠올렸다. 바닥에 앉아서 밥을 먹고 바닥에 앉아서 티브이를 보고 바닥에 앉아서 숙제를 하는 503호. 그리고 무수한 의자들이 들어 있는 504호.

월요일 등굣길에 나는 여자의 우편함에 꽂혀 있던 편지를 훔쳤다. 봉투는 빗물에 번져 울퉁불퉁하게 부풀어 있었지만, 발신지인 광주 교도소라는 글씨만은 선명하게 남아 있었다.

토요일에 여자는 일부러 우편을 수거하지 않았거나 이틀 동안 외출하지 않아서 편지를 발견하지 못했던 거다.

나는 편지에 손을 댔다. 젖었다 말랐다를 반복한 봉투는 빳빳했다. 손에 힘을 주었다. 편지를 들고 냅다 달리기 시작했다.

혹여나 여자가 쫓아올까 봐 달리고 달렸다.

열 장이 넘는 편지지에는 힘주어 쓴 검정 글자들이 가득했다.

'당신에게 한없이 미안하오. 당신에게 면목이 없소. 그럼에도 당신을 생각하고 또 생각해서 미안하오. 미안하오. 정말 미안하오.'

서로를 향해 의자를 끌어당길 수 없는 남자와 여자의 이야기가 그 안에 있었다. 뭐가 그리 미안한 걸까. 여자는 왜 편지를 읽지 않았을까. 일부러 방치해 둔 걸까. 그 사이 편지는 이렇게 살이 찐 걸까.

여자는 차례대로 의자에 앉아 밥을 먹고 가끔씩 앞집에서 들려오는 한 가족의 울분을 들었을 것이다.

돌아보니 벌써 이십 년 전 일이다. 우리처럼 여자도 그 집에서 떠났을 거다.

여자는 기어이 의자를 죄다 끌고 이사를 갔을까. 지금도 그 많은 의자에 혼자 앉을까. 그 많은 의자를 비워 둬서 남자는 아직도 미안할까.

그들은 지금도 슬픈 사랑을 할까?

나는 이렇게 살고 있습니다만 어떻습니까?

내가
쓰고 있다는

소문

얼마 전, 장례식장에서 한 시인을 만났다. 우리는 둘 다 삼십 대이고, 일하면서 시를 쓰고 있다.

바쁘죠?

네, 바빠요.

안부 말이 오가고, 고인에 대한 이런저런 말도 오가고, 육개장을 떠먹다가 내가 말을 찾아 물었다.

시는 잘돼 가요?

질문의 꼬투리엔

나는 잘 안 돼요,
라는 말을 준비하고 있었다.

육개장을 떠먹던 손을 멈추지도 않고 시인은 덤덤하게 답했
다. 아니요.
그 말에 이상한 안도감이 들었다. 시인이 말을 이었다.

갓 등단했을 때요. 신인들끼리 몰려다녔거든요? 그때 한 선
배 시인이 그랬어요. 십 년쯤 지나면 지금 너희 중에 계속 시
를 쓰는 사람이 삼분의 일도 안 될 거다.

선배 말을 듣고 우리는 깜짝 놀랐어요. 이처럼 열정이 있고
시를 사랑하는데 우리 중 누가 시를 안 쓴다는 거지? 근데 지
금은 무슨 말인지 알겠어요. 어쩌면 시를 쓰지 않는 사람 중
한 명이 나일 수도 있다고 생각해요.

왜요? 지금 시집도 준비하고 발표도 많이 하고 잘하고 있잖
아요?

나는 되물었고 시인이 말했다.

평생 행복하면 안 되는 족속인 거 같아요, 시인은. 이걸 십 년, 이십 년 하는 선배들은 정말 대단해요. 우리는 그리 할 수 있을까요?

나는 단박에 말뜻을 알아들었다. 세상을 향해 주먹질을 해 대고 다 싫고 다 슬프고 뭘 해도 서툴던 이십 대가 지나고 먹 고사는 일에 알몸으로 던져진 삼십 대가 되었다.

문학만 할 수 있으면 돈이고 뭐고 다 필요 없다던 독기가 자 꾸만 빠지는 삼십 대.

시 쓰지 말라고 반대하던 엄마 말 안 듣고 아무도 응원하지 않아도 나 보란 듯이 여기까지 왔는데 어떤 날은 밥벌이를 위 해 시를 뒤로 민다. 이렇게 시를 조금씩 미뤄 두는 거, 그렇다 고 인정해 버리는 거, 이 모든 게 배교 같다.

밥을 벌어먹느라 하루를 꼬박 쓰며 부지런히 수업하고 특 강하고 원고를 써도 늘 열정페이 수준. 그것만으로도 괜찮았 는데, 쓸 수 있어 좋았는데, 이제는 점점 안 괜찮다. 자꾸 돈에 마음이 간다.

당장 먹고사는 일을 처리하느라 나의 문학이 뒷전으로 밀 려나는 모습을 죄책감으로 바라본다. 과연 십 년 뒤에 내 시가 살아 있을까. 그렇게 써도 진짜일까?

문청 시절 함께 습작했던 동료들도 이 무거워진 시간을 어정쩡하게 짊어지고 있다. 누구는 공로를 통째로 뺏어 가는 상사 앞에서, 누구는 우는 아기를 안고, 누구는 별로 안 훌륭한 사람의 자서전을 대필하면서, 누구는 남의 시집 원고만 교정 보면서 막막해지는 것이다.

그러다가 마감 날짜가 다가오면 퇴고 덜 된 시를 전송하면서 또 죄송한 거다. 그냥 막 여기저기에 미안한 거다. 부끄러운 거다.

이 집 말이다. 집주인이 너랑 동갑이다.

나와 같은 생년으로 시작하는 주민 번호가 적힌 전세 계약서를 엄마가 들고 와 보여 줄 때, '나름 열심히 글도 쓰고 일도 하고 학교도 다녔는데 왜 집도 못 사고 차도 못 사지?' 하며 이십 대에는 하나도 안 중요하게 생각했던 것들이 이제는 중요해질 때, 예산 없는 프로젝트에서 가장 먼저 원고료가 깎일 때, 원래 작가는 가난한 거니까 하면서 아무도 안 미안해할 때, 경력이 쌓일수록 원고료를 올리는 것이 민폐일 때, 그래서 은근한 방법으로 아웃당할 때는 한 번씩 마음에서 바람이 빠지는 것 같다.

그동안 내가 해 온 문학은, 그 언저리에서 하는 노동은 왜늘 비루할까 하는 생각을 하다가 문득 서늘해진다. 문학 하는 사람이 돈타령하는 것도 배고 같아서.

얼마 전 동갑내기 피아니스트와 함께 시와 음악이 있는 콜라보 공연을 했다.

나 다음 주에 리사이틀인데 아직도 연습을 못 하고 있어.

차를 마시다가 그 친구가 문득 한숨을 쉬며 말했다.

매일 치잖아. 그럼 연습 아니야?

그건 레슨이고, 공연에 칠 곡들은 몇 달 전부터 연습해야 해. 이제는 어느 정도 스킬이나 방법을 알고 있잖아. 이렇게 저렇게 하면 되겠구나. 알고 있으니까 요령만 늘어서 더 피할 수 없을 때 할 수 없이 피아노 앞에 앉아. 예전엔 서툴고 거칠더라도 진심을 담아 피아노를 쳤거든. 매번 그래야 했거든? 그런데 그 마음이 한 번씩 사라져.

나는 창밖으로 쏟아지는 은행잎에 시선을 두고 대답했다.

모든 걸 쏟아부어도 계속 가난하고 외로우니까.
우리는 좀 지친 게 아닐까.

정답을 찾은 듯 우리의 눈이 마주쳤다.

맞아. 외로움.

독일 유학 시절, 내가 정신없이 피아노를 치고 있으면 교수
님이 내 손을 잡아 이끌었어. 그리고는 창문 앞에 나를 앉혀.
아무 말도 안 해. 그냥 가만히 있어.

난 어린 시절부터 콩쿠르에 나가 1등을 해야 했고, 대한민
국에서 가장 좋은 학교에 가야 했고, 거기서도 잘 쳐야 했어.
경쟁, 경쟁의 지옥이었어. 그런 내 몸이 뭘 기억하고 있었겠
어? 어려워진 집안도 팽개치고 독일에 왔으니 잘해야 한다. 꼭
승리해야 한다. 전쟁터 나간 사람처럼 눈에 핏발이 섰다니까.

그때 우리 교수님이 나를 데리고 산책을 자주 했어. 독일어
로 이건 종려나무, 이건 장미꽃 하면서 이름을 알려 줘. 식물
학자처럼. 그리고 그냥 걸어.

걷다가 벤치에 앉아서 눈을 감으래. 뭐가 들리냐고 묻길래
바람 소리, 새소리요 하고 대답했더니 교수님이 그러더라.

박, 그게 바로 음악이야.

한국에서는 그리도 치열했던 방식이 거기선 전복되는 거

야. 녹일에 머무는 십 년 동안 부유하진 않았어도 예술적으로 외롭지는 않았어. 그래, 존중. 거기서는 그걸 받았던 것 같아. 사람들은 내 예술 하나만 봐 줘. 학교, 인간관계, 경제 사정 모두 떠나서 피아노 치는 날 인정해 줘. 매일 가던 빵집 아저씨도 나에게 어떤 음악을 연주하냐고 물을 정도였으니까. 더듬더듬 독일 말로 내가 하는 음악을 설명하면 훌륭하다고 진심을 담아 말해 줬어.

그럼 난 견딜 수 있었어. 거리에서 누군가 글을 쓰거나 그림을 그리고 있어도 거기선 꼭 말을 걸었어. 그곳에서 예술인은 경제적으로 실패한 사람이 아니야. 지켜야 할 사람들이지. 한국 와서 놀랐던 건 그거야. 관계의 개입. 계약서 한 장 없이 연주를 시키고, 아주 적은 돈을 주거나 안 주면서 무대에 설 수 있게 해주는 것에 감사해라. 뭐, 그런 태도. 그런 관례.

그녀도 나도 살아남기 위해 치열했다. 나는 등단 전후 사라질까 무서워서 사랑하는 문학에 독을 품었다. 이십 대에는 시만 봤다. 그것만이 유일하게 나를 구원할 수 있었다.

이제 삼십 대가 되니 시를 쓴다는 것과 시로 이름을 알리는 것과 시를 이용해 약간의 돈을 번다는 것과 그 돈으로 한 달을 사는 것은 같은 동그라미 안에 있다.

그러니 시를 앞장세워야 하고(할 줄 아는 게 그것밖에 없으니), 이왕이면 누가 머리라도 쓰다듬어 줬으면 좋겠고, 시 때문에 일거리라도 소개받으면 몹시 감사하고, 돈은 조금밖에 못 드린다는 말에 괜찮습니다 하며 웃고 있다. 이렇게 사는 게 맞는 걸까?

시도 때도 없이 몸에 와 붙던 시를 정신없이 받아 적던 나는 어디 있을까. 미치도록 쓰고 싶어서 읽고 필사하고 울고불고 하던 나는 어디 있을까. 종일 시만 생각하던 그때의 내가 지금 여기 와서 빌해 졌으면 좋겠다,

이리 와 창문 앞에 앉아 봐. 저 흔들리는 나무를 봐. 깊어지는 가을을 걸어. 너에게 오는 바람을 만져.

그게 바로 시야.

*

선배는 돈이랑 큰 인연이 없어.

타로 카드를 보는 후배를 붙들고 카페에 마주 앉았다.

전생에 돈이 많았는데 재능을 못 펴고 일찍 죽었어요. 일찍

결혼해서 억압받았어. 사람도 많고 돈도 많았는데 재능을 못 펼쳤어. 그게 한이 돼서 이번 생엔 돈이고 사람이고 선배가 거부했어. 인정받고 싶은 욕구만 남았어요.

후배의 점괘를 받아 적으며 나는 말했다.

니 타로는 맨날 나쁜 것만 나오냐?
선배 운이 그런 거 아닐까요? 재능은 펼친다고 나오네요.
그래? 돈은? 남자는? 사랑은?
나는 다그쳤다.
선배, 그냥 문학 해요. 다 가질 순 없어요.

후배를 흘겨보았지만 그래도 마음이 놓였다. 재능은 펼친다니까. 돈 있고 재능 없다는 말보단 낫네. 십 년이 지나도 쓰긴 쓰겠네. 후배랑 헤어져 돌아오는 차 안에서 엄마에게 혼잣말을 보냈다.

엄마, 미안. 운명이 그렇대. 아파트는 다음 생에 사 줄게.

나는 이렇게 살고 있습니다. 이상합니까?

또 적금을 깼다. 대학원에 다니면서 직장을 관뒀다. 경력을 살려 프리랜서로 취재 일을 했다. 사진도 찍고 인터뷰도 하고 기사도 썼다. 대개는 지방으로 취재를 가기에 하루 이틀은 통으로 버렸다. 카메라에 노트북을 들고 버스와 기차를 탔다. 그렇게 일을 하면서 차비를 포함해 건당 40만 원을 받았다. 차비와 밥값을 빼면 30만 원. 사진 촬영은 추가로 받아야 하지만 대개의 기획사들은 어떻게든 페이를 더 깎으려고 들었다.

결과물이 나오면 즉시 페이를 입금하기로 해도 대부분 한 달에서 두 달이 걸렸다. 경리팀에서 담당자가 깜빡하고 결재를 올리지 않아서. 팀장이 휴가를 가서. 자신들의 내부 입금일은 금요일이어서. 그 단계를 두 번이나 거쳐야 내 통장에 돈이 들어왔다.

어떤 계절은 돈을 기다리면서 보내기도 했다.

대학원 등록금을 내야 하는 기간이 되면 신경이 극도로 예민해졌다. 모아 놓은 돈에서 딱 100만 원, 또는 50만 원이 비는데 그들이 휴가를 가지 않았거나 결재 올리는 걸 깜빡하지만 않았어도 제 날짜에 등록금을 낼 수 있는데. 너무한다. 너무하는 거 아냐? 너무들 한다. 그런 말이 하루에도 몇 번씩 새어 나왔다.

프리랜서들은 오랫동안 돈을 기다리는 일에 익숙하다. 그러나 최근 몇 개월은 해도 해도 너무했다. 4개월 전에 일한 페이가 입금되지 않은 것이다. 몇 번이나 보내 달라고 전화를 넣었지만, 자신들도 입금을 기다리고 있다는 대답만 돌아올 뿐이었다. 혼자 일한 게 아니라서 곤란하다는 내용을 메일로도 보내고 문자로도 보냈다. 함께 일한 사람 중 한 명이 내용증명이라는 단어를 꺼내자 일거리를 준 기획사는 자기 회사의 돈으로 절반을 보내 주었다.

내가 쓰고 있다는 소문

적금을 깨러 가는 은행의 공기는 묵직했다. 번호표를 뽑고 대기하는 동안 머릿속으로 적금을 깨는 이유에 대해 논리적으로 생각하려 애썼다.

드라마를 보면 어머, 만기가 얼마 안 남았는데 왜 찾으세요?, 라고 직원이 묻는다. 그럼 주인공은 쓸쓸하게 웃으며 그냥 정리해 주세요, 라고 대답한다.

교무실에 불려 가는 것처럼 나는 손톱을 질근질근 씹었다. 그런데 정작 창구 직원은 아무 말도 묻지 않았다. 만기가 가깝지 않아서였는지도 모르겠다. 한눈에 봐도 나보다 어려 보이는 직원이 타닥타닥 컴퓨터에 나의 주민등록번호를 입력하면 적금을 이미 여러 번 깬 이력이 뜰 거라 생각하자 얼굴에 화악열이 올랐다. 아는 사람도 아닌데 뭘. 마음속으로 혼자 하는 위로도 소용이 없었다.

여러 직업을 가졌었다. 속독 학원 깅사, 입시 학원 강사, 작은 잡지사의 취재 기자, 학교 행정 조교, 기획사의 사보 기자, 그리고 책을 리라이팅하거나 대필하는 일까지. 대개 월 200만 원이 넘지 않는 수입이었다. 그 돈으로 나는 학교에 다니고 졸업하고 또 학교에 다니고 졸업하고 여행을 다니면서 하고 싶은 것은 참지 않고 살았다.

나는 이렇게 살고 있습니다 이상합니까?

잡지사 취재 기자로는 수습이라는 이름으로 70만 원을 받았다. 취재하러 다니려면 차를 끌고 다녀야 한다는 말에 엄마의 차를 끌고 다녔다. 기름값과 생활비를 빼면 거의 남지 않았다. 수습이 끝난 후 내게 제시한 월급은 100만 원이었다. 영세한 잡지사였다. 광고를 따 오면 인센티브를 준다고 했다.

지방의 영세한 신문이나 잡지사 기자들이 관공서에 들어가 휴가비 좀 줘라, 광고를 줘야 휴가를 갈 거 아니냐, 하며 떼쓰던 모습이 떠올랐다.

술을 하도 먹어서 얼굴이 새까만 그들에게 아, 네네, 하고 웃어 보이던 공무원들이 저희들끼리 있을 땐 혀를 내두르던 모습을 나는 여러 번 목격했다.

저는 글 쓰고 싶어서 잡지사에 들어온 건데요?

눈을 동그랗게 뜨고 항변하는 나를 보고 사장이 피식 웃었다. 나는 순진하게도,

기자가 글 쓰는 건 당연하지 않아요?

기어이 한마디를 덧붙였다. 그동안 통장에 찍히던 70만 원이 머릿속으로 주르르 지나갔다.

너는 기자 정신을 더 키워야 해.

나의 정신을 운운하던 비웃음과 사무실에서 프린트 한 장 했
다가 종이 아껴 쓰라고 큰 소리로 혼이 났던 기억이 떠올랐다.
팽팽하던 줄 하나가 뚝 끊겼다. 당시 나는 유리를 기억하는
스물 몇 살이었다. 자리에서 벌떡 일어났다.

내가, 어? 4년제 졸업하려고, 어? 얼마나 힘들었는데? 글 쓰
는 일 하려고 그 돈 받고 버텼는데? 어? 최소한 살게는 해줘야
할 거 아니야? 글 쓰고 싶다고!!

고래고래 소리 지르는 나를 사장이 멍한 얼굴로 올려다봤다.

어떤 회사는 시를 쓴다는 이유로 나를 미워했다. 시인이 된
후에 입사한 회사였다. 등단 인터뷰를 했던 지방 신문 기자의
소개로 일주일에 한 꼭지씩 칼럼을 쓰던 중이었다. 하루는 실
장이 나를 회의실로 불렀다.

신문에 개인적인 글을 실어도 되냐. 내가 영업해서 회사에
안 맡기고 나 혼자 먹는 거랑 뭐가 다르냐.

국어국문학과를 나왔다던 그녀가 책상을 꽝꽝 치며 소리를

지르는 통에 깜짝 놀라 눈물이 핑 돌았다. 칼럼을 쓰면 원고료가 5만 원. 5만 원을 내놓으라는 건가? 잠시 고민했다. 나는 입사 전 면접을 볼 때,

대학교 조교하며 벌었던 돈 정도만 벌었으면 합니다. 영업만 없으면 됩니다. 글 쓰는 일을 하고 싶어요,

하고 멍청한 소리를 해 버렸다. 탐스러운 먹잇감을 발견했다는 듯 사장은 당장 출근하라고 말했다.

첫 출근날 연봉이 13개월로 나뉜다는 통보를 받았다. 일 년이 열두 달인데 열세 달은 어디서 나온 근거냐고 했더니 회사의 입장을 대변하던 왜소한 팀장은 그게 원래 우리 회사 규정이다, 라고 일축했다.

원래라는데, 모두 알아들었는데, 왜 너만 토를 다냐는 말투였다. 그럼 왜 입사 전에 미리 말해 주지 않았냐 했더니 그건……, 하면서 말을 돌렸다.

일종의 돈 폭행이었다.

13개월로 책정된 연봉에서 1개월 치는 퇴직금. 그 또한 1년을 채우지 않으면 지불할 수 없다고 통보했다. 거기 있는 직원

들 누구도 그것에 대해 따져 묻지 않았다. 그래도 다른 기획사처럼 야근 많이 안 하는 게 어디야, 라며 자신들끼리 안심했다.

기획팀 책상에 시집이 꽂히자 다음 날 회사에는 시집 읽지 말라는 조항이 생겼다. 기획팀장이 물었다.

카피 쓰는데 시집은 많은 참고가 됩니다.

실장이 대답했다.

그런 거 말고 《책은 도끼다》, 뭐 그런 거 읽어.

회사에서 큰맘 먹고 사다 놓은 《책은 도끼다》를 들춰 봤다.

시를 읽어라, 라는 문장이 눈에 띄었다.
나는 2년 3개월을 근무하고 퇴사했다. 그리고 시집을 냈고, 모아 놓은 돈과 상금으로 여행을 하고, 대학원에 진학했다.

삼십 대 시인들을 만나면 대화 주제는 자연스럽게 돈이 된다. 서울에 사는 친구들은 방값 내고, 라면 사고, 담배 사고, 읽고 싶었던 책 사면 월급이 사라진단다. 그래서 우리는 창작 기금에 공모하고 결과를 기다리고 낙담하고 다시 기다리면서 혹시나 하는 희망으로 산다.

돈을 버는 일에 골몰하느라 시를 남는 시간으로 미뤄 두기도 하고, 그런 시간이 반복되면 죄책감에 시달리다가 결심한 듯 사표를 던지고, 견딜 수 없을 때쯤 다시 누군가의 먹잇감이 되기 위해 이력서를 쓴다.

언젠가 미세 먼지가 내려앉은 강변을 걸으면서 동료 시인과 얘기했다.

등단 전과 등단 직후, 외로웠을 때를 생각해 봐. 지금은 너무 감사하지. 쓸 수 있어서.

우리는 배 속에 부드럽고 따뜻한 물고기 하나 지나가는 것처럼 그 사실 하나로 안심했다. 그렇게 서로를, 그리고 자신을 위로했다.

어떤 계절엔 하루에 두세 꼭지씩 원고를 써내기도 하고, 아침부터 밤까지 카메라를 들고 취재 다니느라 밥 먹을 시간도 없다.

또 어떤 계절엔 꼼짝 않고 누워 며칠간 밖에도 나가지 않는다.

어떤 계절엔 적금을 깨서 등록금을 내고, 또 어떤 계절엔 미친 듯이 책을 읽고 시를 쓴다.

어떤 계절엔 늦은 마감으로 죄송하다는 말을 입에 달고, 또 어떤 계절엔 아무도 없는 독립 영화관에서 훌쩍인다.

어떤 계절엔 감사한 마음이 떠올라 용기 내어 장문의 문자를 보내고, 너무너무 외로울 땐 좋아하는 동료들을 찾아가 맥주를 마신다.

어떤 계절엔 아무 기차나 타고 낯선 동네에 내려 골목을 살살이 걸으면서 살고 있다.

여전히 가난하고 여전히 계획 없고 여전히 잘 모르겠지만, 좋아하는 것을 하기 위해 싫어하는 것을 하지 않는다.

진심이 아니면 하지 않는다.

번화가를 지날 때 할머니들이 건네는 전단지는 거의 받는다.

술집에서 찹쌀떡과 껌을 파는 사람들을 만나면 세 번에 두 번은 구입한다.

얼마 전, 서울역에서 색소폰을 불고 있는 남자를 만났다. 삑, 삐삑, 음악이라기보다는 음악을 연습하는 쪽에 가까운 소리가 광장에 울려 퍼졌다.

남자의 색소폰 케이스에는 월세를 못 내고 있습니다, 제발 살려 주십시오, 라는 글귀가 쓰여 있었다. 잔돈이 없었던 나는

동행한 사람에게 천 원을 빌려 케이스에 넣었다. 색소폰을 불던 그가,

감사합니다. 복 받으실 겁니다.

우리가 사라질 때까지 등 뒤에 대고 인사를 했다.

이렇게 쉽게 돈을 주면 안 돼.

동행한 사람이 말했다.
내가 돈을 줄 때마다 동행한 사람들은 한결같이 그랬다.

물론 사정은 모른다. 악덕한 사람들에게 이용당하는 걸 수도 있고 그들이 나보다 부자일 수도 있다. 그럼에도 살려 달라는 문구 앞을 쌩하니 지나칠 수는 없었다.

기차를 기다리느라 카페에 앉아 있는 한 시간 동안 그는 쉬지 않고 색소폰을 빽빽 불었다. 나는 동행한 사람에게 말했다.

봐 봐. 계속해서 색소폰을 불잖아. 저것도 어떻든, 노동이잖아.

며칠 전부터 대전의 한 복지관에서 시를 읽고, 쓰는 수업을 시작했다. 얼마의 수강료를 받았다. 어른을 상대로 하는 시 수업이야 많이 해봐서 안다. 내 이름을 아는 분들은 거의 없다. 시란 무엇인가 이론적인 내용을 늘어놓으면 다음 시간에 수강생은 절반으로 줄어든다. 그나마 내 이름을 검색해 보고 오신 분들은 불쾌한 마음을 비추기도 한다.

요즘 시들은 왜 그렇게 소통이 안 됩니까? 그렇게 쓰는 것이 옳은가요?

처음엔 당황해서 더듬더듬 설명하고 설득하려 했다.

시란 말입니다. 해석하는 것이 아니지 않나요?

나와 작품을 부정당하는 느낌이라 울컥, 목젖까지 올라오는 화를 밀어 넣으면서 끝까지 웃으며 응대했다.

시는 서정시가 최고지요. 요즘 사람들은 그걸 몰라.

소나무를 찬양하는 분의 시를 합평하면서 정말 몰라서 묻는 건데요, 서정이 뭘까요?, 라고 물으려다 참았던 기억.

와, 이런 생각도 할 수 있네요.

손뼉을 치면서 수업을 끝냈지만 문득 생각하는 것이다.

과연 나는 착한 사람일까?

이번 복지관 수업도 그러려니 하고 마음을 비우고 갔는데 생각보다 고령의 수강생들에 놀랐고, 휠체어에 앉은 분들이 계셔서 놀랐다.

이창동 감독의 영화 〈오아시스〉에서 배우 문소리가 맡았던 배역처럼 얼굴을 일그러뜨리며 말을 잇는 분도 계셨다. 침착하게 서 있었지만 처음엔 몹시 당황했다.

돌이켜 보니 그런 분들과 한 번도 마주치거나 대화를 나눈 적이 없었다. 무슨 말을 하는지 못 알아듣겠는데 그래도 되나? 눈을 못 보겠는데 그래도 되나? 나는 착한 사람이 아닌가? 내 표정에 당혹이 묻어 있진 않을까? 티가 나면 상처받을 텐데. 나는 긴장을 감추려 더 온화한 표정을 지었다.

한 주 한 주 수업을 할수록 그리고 이야기를 나눌수록, 당황은 정으로 덮었다. 그러면서 점점 복지관 수업이 좋아졌다. 눈을 마주쳐도 피하지 않게 됐을 때쯤 계획한 과정이 끝났다.

여러분들과 수업을 하면서 제가 더 배웠습니다. 정말로 감사합니다.

진심을 담아 작별 인사도 했다.
종강한 며칠 뒤 전화 한 통을 받았다.

저……, 수업받았던 ○○입니다.

다리가 불편해 휠체어를 타고 나오셨던 분이었다.

저희가… 너무 아쉬워서… 그러는데요. 복지관에 계속… 수업을… 받고 싶다고 말씀 드렸는데요…. 예산이, 예산이… 없다고 하셔서… 저희끼리… 따로 모임을 가지려고 하는데 나와 주실… 수 있으면 감사하겠습니다.

나는 착한 사람일까? 내가 살고 있는 곳에서 수업하는 곳까지 가기 위해 왕복 두 시간을 써야 하고, 자료를 준비해야 하고, 일주일에 한 번은 평일을 빼야 하고, 그때는 다른 일을 못하고, 그런데 수강료가 없고, 나는 돈을 벌어야 하는데, 하는 생각들이 지나갔다.

제가 지금 바쁘게 끝내야 하는 일이 있어요. 그 일이 끝나면

갈게요.

애매하게 대답을 하고 전화를 끊었다. 그분에게 더듬더듬 문자가 왔다. 주어는 있는데 서술어는 없는 문자였다.

△△의 도움으로 복지관에서 공간을 주셔서, 감사하게도, 그쪽으로 오시면, 기쁜 일이라고 생각, 매일 기도할게요.

그래. 좋은 마음으로 가 보자. 봉사한다고 생각하자. 정말 나는 시간을 내서 몇 주 뒤 복지관으로 향했다.

복지관에는 처음 보는 분이 나와 계셨다. 사지를 비틀면서 가슴을 팡팡 치면서 시, 시… 시… 시이… 인…, 이라고 자신을 소개했다.

몇 주 만에 나온 수업이라 다시 당황스러운 마음이 들었다. 당황하면 안 된다. 못 알아들으면 안 된다. 또 긴장이 돌았다.

시인이시라고요?

내가 말을 이으니 손가락으로 동그라미를 만들어 보였다.

알고 보니 초대받아 온 선생이었다. 아마 내가 없는 몇 주 동안 수강생들이 알음알음 시인을 초대한 모양인데 하필 그날 내가 떡하니 등장한 것이다.

그분은 가방에서 자신의 시집을 꺼내 내게 주었다. 감사합니다, 하고 넙죽 받았지만 처음 보는 이름이었다. 괜히 왔구나 싶어 슬슬 후회가 됐다. 우리는 시간을 나눠 수업을 했다. 그분은 칠판으로 다가가 삐뚤삐뚤하게 글씨 하나를 썼다.

이미지.

아마도 시는 이미지라는 말을 하려는 듯했다. 그분의 이야기가 끝난 후 내 수업을 진행하고 마무리하며,

시는 진정성을 가지고 쓰는 게 중요하다고 생각합니다. 진심을 담아야 해요. 우리의 아픈 기억이 좋은 소재가 될 수 있지 않을까 조심스레 생각해 봄……,

라고 말을 잇기가 무섭게 그분이 굽은 손가락으로 자신의 시집을 팡팡 쳤다. 시집에 들어 있는 어떤 시가 그렇다고 말하는 듯했다.

〈비〉라는 시라고요?

내가 그분의 말을 듣고 되물으니 고개를 끄덕하셨다. 나는 시집을 펼쳐 그 시를 읽었다. 두 문장 읽다가 울컥하는 마음이 올라와 더 이상 소리 내 읽을 수가 없었다.

"형편없는 병신 같은/내 모습 때문에/하늘을 원망하고 있다//사랑할 수 없는/빈껍데기로/살아가고 있다"
　- 정명훈, 〈비〉 부분

강의실이 순간 고요해졌다.
진짜 시였다.

수업이 끝나고 시인은 나에게 손을 내밀었다.
유… 명해… 지실… 겁니다, 라는 말과 함께.

정말 그럴까요?
내가 웃어 보이니 고개를 끄덕였다.

자… 잘되… 실…….

잘될 거라고요?
말을 받으니 또 고개를 끄덕였다.

불과 며칠 전에 어렵게 시작한 방송 작가 일을 그만둔 뒤였다. 이겨 내지 못했다는 자책감에 내가 나를 채찍질하고 있던 때였다. 밥 먹고 사는 일에 다 실패하는구나. 나이 먹고 뭐 하나 제대로 못 하는구나. 화살을 내게 쏘는 나 때문에 새벽마다 눈이 번쩍 떠졌다.

거친 방송국 사람들 때문에 나이 서른 넘어서 화장실에서 울고 식당에서 울고 여기저기서 울던 8월이었다. 그런 일이 있은 뒤였나.

코끝이 찡했다. 그분의 한마디 위로가 내내 가슴에 덜그럭거렸다. 돌아오는 길에 또 문자가 왔다.

와 주셔서 감사해요. 늘 기도하고 있어요.

뻐근한 무언가 가슴 밑바닥에서 올라왔다. 어디서도 받지 못한 위로들.

나는 과연 착한 사람일까?

창문을 열고 외곽 도로를 쌩쌩 달리며 사람들을 생각했다.

다
이
얼

누군가 이것을 다이얼이라 말해 줬다.

다이얼?

돌리니까 다이얼 아닌가?

그런가?

저거 돌리면 물 나오고 반대로 돌리면 물이 멈추고 그랬을
거 아냐.

그랬겠지. 여긴 정수장이었으니까.

여긴 물이 많았겠지? 물이 도착하고, 그 물이 정화되고, 그 물이 다시 어딘가로 갔겠지?

그랬겠지.

이 다이얼은 이제 안 돌아가.
죽었으니까.

뭐가 죽었는데?

정수장이.

정수장이?

응. 정수장이.

뭔가 죽었다는 말은 안 맞는데? 봐 봐. 여기 이렇게 분명하게 남아 있잖아. 저기, 그리고 저기, 물탱크도 있잖아.

물이 돌지 않는 물탱크도 물탱크인가? 물이 돌지 않는 정수장이 정수장인가? 피가 돌지 않는 사람이 사람인가?

그럼 여기 있는 것들은 뭐지? 이 다이얼도, 이 구멍도, 저 귀퉁이가 뜯긴 건물도 아직 살아 있는 것 같은데? 반쯤 죽은 거라 할까? 아니면 반쯤 살아 있다고 할까?

그게 그 말 아닌가? 그렇게 믿으면 그렇게 되나?

그럼 우리는, 우리는 얼마나 살아 있을까?

그런 걸 우리가 말해도 되나?

나는 내 건데 내 마음대로 말도 못 하나? 나는 내 건데 왜 내 마음대로 못 사나? 나는 내 건데 왜 완전히 내 것인 거 같지 않지? 완전히 나는 내 것인가? 정말 나의 이름은 나인가? 정말 이것의 이름은 다이얼인가?

이름을 붙이는 건 끔찍하지 않은가?

다. 이. 얼. 그저 돌아가기만 하는 이름. 돌기만 하다가 일이 없어지면 아무것도 아니게 되는 이름. 김다이얼. 이다이얼. 성이라도 붙여 줄까?

그럼 변별력이 생기나?

이걸 돌리던 사람들은 모두 어디로 갔을까?
그들은 변별력이 있었나? 다 어디로 갔을까? 여기에 이런 모양들을 남겨 두고, 들어오고 나가던 물은 모두 어디로 갔을까? 비가 됐을까? 바다가 됐을까? 아니면 누군가의 핏속에 아직 생존해 있을까?

살면서 한 번도 고향을 떠난 적 없다. 그 사실이 내내 괴로웠다. 내 고향이 내 세계의 가장자리를 갉아먹었다. 대학을 졸업할 즈음 이 생각은 커졌다. 더 큰 세계로 가고 싶었다. 더 유명한 사람을 만나고 싶었다. 그런 접촉이 나를 더 훌륭하게 만들어 줄 것 같았다. 기회도 없고 방법도 없고 돈이 없었다. 고향이 가장 안전하고 좋은 곳이라 여기던 부모님을 설득할 여력도 없었다.

처음엔 시를 쓰고 싶은 건지, 유명한 시인이 되고 싶은 건지 모른 채 시를 썼다. 신춘문예가 끝나면 등단한 사람들의 프로필부터 살폈다. 나보다 어리면 불안했다.

돈도 없고 직장도 없고 꿈만 있던 그때 문학 하나를 위해 많

은 것을 포기했다. 아니, 포기했다고 믿었다. 매번 친구들과의
술자리에서 패배자처럼 앉아 있는 이유도 시 때문이라 믿었
다. 공무원이 되지 않는다는 이유로 가족과 싸우고, 감추고 있
는 친구들의 비웃음을 견디는 이유도 아직까지 고향에 갇혀
있기 때문이라 생각했다. 모두가 나의 원대한 꿈을 이해하지
못하는 이 지긋지긋한 고향 사람들 때문이라고 생각했다.

만나는 시인마다 붙잡고 물었던 적이 있다.

시를 쓰려면 서울에 있어야 하나요? 유명한 시인들과 친하
게 지내야 하나요?

아무래도 시를 쓰기 위해 그것들이 제일 중요한 문제라고
생각했다.

그러다가

일주일에 한 번씩 시를 배우러 서울에 갈 기회가 생겼다.
대전에 있는 선배의 소개로 시작한 스터디였다. 2007년인가
2008년 즈음 서울이라는 거대한 도시로 파고들어 갔다.

너 그때 개털 같은 옷 입고 왔었지.

그날의 내 모습을 기억하는 동료는 나를 그렇게 회상했다. 추운 겨울이었고 겁먹은 개처럼 나는 그곳을 찾아갔다.

서울에 도착해 기차에서 내리니 이미 해는 졌고 플랫폼은 검고 차가웠다. 허리에 힘을 주고 나는 한 번도 가 보지 않은 곳을 향해 뚜벅뚜벅 걸어갔다. 정신을 똑바로 차리느라 온몸이 긴장했다. 지하철의 방향을 몰라 한참 노선도를 올려다보았다. 잠깐 동안 많은 사람이 내 커다란 등 가방을 치며 지나갔다. 한쪽 구석에서 어린 학생이 돈을 뺏기고 있었는데 사람들은 무심히 지나갔다. 누구 한 명이라도 걸음을 멈추면 뒷사람들이 모두 충돌할 수밖에 없는 거리와 속도였다.

이상하고 이상한 동네였다.

돌아갈까 생각했지만, 이 스터디가 나의 콤플렉스를 해결할 유일한 방법이었기에 다시 종아리에 힘을 주었다.

도착했는데요. 어디로 가야 해요?

2번 출구 나오셨어요?

네.

쭉 걸어서 내려오면 제가 있어요.

작은 사거리에서 짜장범벅 컵라면을 들고 있던 P 시인과 만났다. P 시인은 스터디의 반장이었다.

식사했어요?

네.

저는 식사를 안 해서.

사무실에 도착하자마자 컵라면 뚜껑을 여는 시인의 모습에 여기도 사람 사는 곳이구나, 안도감이 들었다.

스터디에서 만난 사람들은 반은 따뜻했고 반은 무심했다.

나는 일주일에 한 번 기차에 올라 서울로 갔다. 점점 한강철교를 지날 때 목을 쭉 빼고 한강을 바라보지 않게 되었고, 반짝거리는 63빌딩을 돌아보느라 목을 한껏 돌리지도 않게 됐다.

기차에서 시를 고치고 또 고쳤다. 그땐 폐부를 찌르며 들어오는 시에 속수무책이었다. 나는 낚싯바늘에 걸린 물고기처럼 시간과 정신을 뜯긴 채 끌려갔다.

퇴근 후 서울로 가는 기차를 타기 위해 숨이 턱까지 차오르게 뛴 적이 한두 번이 아니다. 간혹 눈앞에서 기차를 놓치기도 했다. 서울에 갈 땐 늘 마음이 바빴다. 서울에서도 내려가는 막차를 타기 위해 달려야 했지만 서울에서 시를 배울 수 있다는 게 내심 좋았다.

그리고 일 년 뒤 등단을 했다. 그렇지만 서울 콤플렉스는 끝나지 않았다. 한동안 청탁이 없는 것도, 어떤 담론에도 이름이 묶이지 않는 것도 내가 서울에 있지 않은 이유라 생각했다. 내가 없는 서울이라는 미지에서 대단한 일이 일어나고 있는 것처럼 보였다. 나도 끼고 싶었다. 내 시도 알아줬으면 했다. 내 이름도 호명해 줬으면 했다.

몇 년이 지나면서 서울에 자주 다녀가긴 했지만 여전히 서울은 하루 이틀 머물다 와야 하는 타지였다. 술자리에 모여 있다가 새벽이 되어 집에 돌아가는 시인들을 멍하니 바라보다가 어디로 가야 하는지 몰라 무작정 걸었던 적도 있다. 첫차가 다닐 때까지 걸었던 기억으로 시를 썼다.

서울에 방을 얻은 P 시인에게 자주 갔다. 언니의 옷방에 이불을 깔고 누워 여러 날을 보냈다. 먹여 주고 재워 주는 언니 덕에 서울에 있는 밤이 무섭지 않았다.

기차가 지나가면 드르르 흔들리던 집 안에서 나를 맞아 주고 재워 주는 언니가 있어 서울이 조금씩 익숙해졌다. 조금씩 서울이 몸에 익었다.

돌아보니,

문제는 서울이 아니라 나였다. 어디에 있으나 외로운 거라고 선생님이 말해 주었다.

안녕. 너 거기서 외롭지?

그 외로움이 시를 쓰게 하는 거다.

여기도 외롭다.

시를 가르쳐 주셨던 S 선생님은 가끔 문자로 나의 외로움에 안부를 전했다. 그 마음에 감동을 받아 한동안 먹먹하다가도 나도 외롭다는 말에 오래 시선이 머물렀다.

나도 불안합니다.

나는 약도 처방해서 먹습니다.

존경하는 시인을 만난 술자리에서 나는 또 징징거렸다. 지방에 있어서 불안하다는 나의 말을 가만히 듣던 시인이 내게 하신 말씀이었다.

나는 징징대던 입을 다물었다. 불안할 리 없는 유명하신 분이 약까지 먹고 있다는 고백은 충격적이었다. 정말 이기적이고 부끄럽지만 시인의 두 마디가 나의 열등감과 서울 콤플렉스를 없앴다.

평생을 안고 가야 하는 불안일지 모른다는 생각에 부끄러웠고 무서웠고 서늘했다.

그로부터 몇 년이 지났다. 이제는 서울에 있지 않아서, 라는 핑계는 대지 않는다. 내가 나에게 얼마나 충실했는가, 얼마나

나는 이렇게 살고 있습니다만 이상합니까?

몰두했는가, 거기에 잣대를 들이밀어야 한다는 것을 잘 안다.

진심으로 시를 대하고 사람을 대해야 한다는 사실도 안다. 가짜로 사람을 대하지 않고 가짜로 시를 쓰지 않으려 노력한다. 이런 태도에 더 중심을 두어야 한다는 것도 안다.

서울이 문제가 아니라 내가 문제다.

어떤 특강에서 S 선생님은 말씀을 하셨다. 매일, 꾸준히 써야 한다. 재능만 믿다가 조용히 사라져 간 시인을 많이 보았다고. 선생님 말씀이 무섭게 가슴에 박히던 이유도 나는 안다. 나는 먹고살려는 나를 끝없이 경계해야 한다.

그리고 지금.

잠시 서울에 방이 생겼다. 두 번 떨어지고 세 번째 입주 허락이 떨어진 연희문학창작촌에 들어오자마자 일주일 내내 일만 했다. 문학과 관계없는 돈벌이 때문에 열흘 동안 50장을 썼다. 기진맥진해져 시 원고는 들여다보지도 못했다.

다 핑계다. 이 방에 온 뒤로 내 밥을 걱정하는 엄마 전화와 원고를 독촉하거나 일에 대해 수정을 요청하는 전화가 거의 전부였다.

그토록 바라던 서울에 왔지만 별반 달라진 게 없다. 선배들은 그럴 거라 했다. 서울 별거 없다고. 나도 안다. 다만 나는 여기에서 이십 대 후반에 두근거리며 찾아왔던 그 서울을 찾으려 한다.

하루에도 몇 번씩 시가 울컥 튀어 올라왔던, 그때의 나와, 기차를 타려고 심장이 튀어나오게 뛰었던 내가, 시 하나로 울고 웃던 내가 이 서울에 아직 살아 있기 때문이다.

내가 이 얘기 했었나? 나는 요즘 잘 사는 건지 모르겠다. 나는 나에게 무슨 일이 일어나고 있는지 알고 싶다.

어떤 날은 머리를 질끈 묶고 갈대밭에 가기도 하고, 두 시간을 운전해서 저수지에 도착하기도 한다. 평일 낮, 저수지엔 아무도 없다. 잔잔한 물 위로 떨어진 나뭇잎과 나뭇가지 같은 것이 둥둥 떠다닌다. 바쁘지도 않게 그저 떠다닌다. 나의 남아도는 시간과 닮았다. 그런데 시간이 남으면 안 된다는 법칙을 누가 정했나. 그런 걸 배웠었나. 왜 계속 불안한가.

이 얘기 했었나? 하루는 작정하고 서재를 엎었는데 읽지 않은 책이 150권이나 나왔다. 이렇게 많은 책들을 언제 사 모았을까. 그중 많은 책을 빼서 복지관 수업 시간에 가져가기도 하고 후배들에게 나눠 주기도 했는데, 어디서 알을 까는지 책은 계속해서 쏟아져 나왔다.

읽지 않은 책에 색이 바래 있으면, 내가 또 한심해지곤 한다. 한여름, 보수동 책방 골목에서 땀을 삘삘 흘리면서 들고 온 책들. 알라딘 중고 서점에서 싼 가격에 구입한 책들. 취재 갔다가 우연히 들른 타 지역 서점에서 들고 온 희귀한 책들. 그 책들은 내 서재 적당한 곳에 꽂혀 있었는데 나는 한 번도 들여다보지 않았던 거다.

서재를 보면 그의 취향을 알 수 있다고 들었다. 그래서 어떤 작가들은 일기장은 공개해도 서재는 절대로 보여 주지 않는다고. 내 서재엔 뭐가 있나. 이사하면서 안 읽는 책은 다 버리고, 버리고, 버렸는데도 우리 집 살림 중 가장 무거운 짐인 내 책들은 뭐가 남았나. 민음사 세계 전집 몇 권, 출판사별 시집들, 나의 작품이 실렸던 문예지들, 그리고 소설가를 꿈꾸며 읽고 필사했던 소설들, 한자 공부 하려고 준비한《논어》, 몇 페이지 넘기다가 손도 안 댄 철학책. 그중 가장 좋아하는 책은 책상 옆에 따로 모아 놨는데 이상 전집과《사랑의 단상》,《카프

카와의 대화》,《티벳 사자의 서》,《옛날에 대하여》,《낙하하는 저녁》, 김우진 전집,《달몰이》,《악기》,《잃어버린 시간을 찾아서》가 있다.

아마도 읽고 나서 가슴에 남았거나 가까운 시일 내에 꼭 읽어야겠다고 생각했던 책들인 모양이다.

책을 읽을 땐 연필로 밑줄을 긋는다. 종이를 가로지르는 흑심의 감촉이 드르르 신선한 숲을 향해 난 창을 여는 것 같다. 밑줄을 그을 구절을 발견하는 것도 좋고, 온통 책을 까맣게 밑줄 긋게 만드는 작가의 깊은 사유도 좋다.

시간이 지나 다시 책을 열면 내가 그어 놓은 밑줄과 옆에 뭐라고 써 놓은 메모들이 낯선 나를 가져온다. 조교 시절, 학과 사무실에 홀로 남아 전기난로 가까이에 맨발을 들이밀면서 읽었던 구절, 미치도록 좋았던 그 구절이 지금도 내 옆에 있다.

대체로 나는 이 책들을 일 년에 한두 번도 열지 않고 이 자리에 앉아 메일을 보내고 영화를 보고 창밖으로 지는 노을을 바라보면서 시간을 보낸다. 계절이 바뀌어도 꽂힌 책의 목록은 바뀌지 않는다.

이 얘기 했었나? 나는 요즘 넘쳐 나는 시간들을 바라보면서

에전에 읽었던 책들을 들춰 보고 있다. 시간이 너무 많고, 사람에게 지치고, 걷는 것도 귀찮을 때, 방구석에 앉아 나를 들뜨게 했던 구절을 다시 읽는다.

그럼 나는 내장을 다 파낸 것처럼 가벼워진다. 입으면 아무도 화내지 않고, 강요하지 않고, 그래서 불안도 없는, 부드럽고 가벼운 망토 하나가 나를 입는 것이다.

내가
거기 있다는

소문

아무 일도 하지 않으면
아무 일도 일어나지 않았다

그냥 들어갈까.

우리가 생각했던 해변이 아니었다. 흑돼지를 실컷 먹고 소주도 한 병씩 나눠 마시고, 그러고도 모자라 편의점에 들어가 맥주를 샀다. 모처럼 제주에 있는데 제주스러운 곳에 앉아 술을 먹자는 게 동행한 후배 Y의 의견이었다. 각자 마실 맥주와 만두와 과자를 사서 게스트 하우스 근처 해변으로 걸어갔을 때, 방파제에 막힌 해변에서 우리는 잠시 그런 생각을 했다.

언니 조금만 더 가 봐요.

후배의 말에 조금 더 걸어가자 누가 마련한 것처럼 테이블과 의자가 놓여 있었다. 한 발만 뻗으면 바다였고, 출렁거리는 바다 앞 누군가의 테라스에 우리는 몰래 앉았다.

아까 돌아갔더라면 테이블을 발견하지 못했을 테고, 거기에 앉아 조용히 바다가 밀려오는 풍경을 보지 못했으리라. 밀물은 죽음같이 살금살금 밀려왔다.

저 멀리 검은 바위가 조금씩 물 아래로 사라지는데 Y와 나는 한참 말을 잃었다. 음악도 끄고 조명도 끄고 오직 깜깜한 바닷가에서, 비었던 해변이 차오르고 둥둥 떠 있던 오징어 배가 멀어지는 모습을 보며 새삼 지구는 둥글구나, 생각했던 밤이었다.

언니. 게스트 하우스에 있는 사람들이 스물여섯, 일곱이래요. 다 혼자 왔대요. 제가 나이가 제일 많아요.

올해 스물여덟인 Y는 다음 날 아침 조식을 먹으면서 나에게 정보를 말해 주었다. Y는 아래위층에 머무는 게스트들에게 먼저 인사하고, 그들의 신상을 파악하고, 창문을 열어 밖을 보고, 세상 모든 것에 호기심이 넘치는 이십 대였다.

여덟 살 차이인 우리에게는 딱 그만큼의 공백이 있었다. Y는 굴러가는 낙엽만 봐도 감탄했다. 혼자 있는 말. 우거진 갈

내가 거기 있었는 소문

대. 바다의 빛깔. 여기에서 저기까지 두 시간이 넘게 걸리는 크나큰 섬. 나에게는 익숙하고 시시한 어떤 것이 그 아이의 세상을 흔들었다. 그 아이는 자신의 살을 감싸는 모든 것에 감탄했다.

물질하는 해녀를 보면서,

언니, 나 해녀 생전 처음 봐요.

넋을 놓고 바라보던 후배의 눈빛에 세상을 처음 만난 아이처럼 호기심이 가득했다. 머리를 물 밑으로 쑥 박아 서서히 오리발을 수면에서 감추는 해녀들의 일상이 Y에게 꽤 충격을 준 듯했다.

Y를 보면서 생각했다.

한때는 설레고 재미있던 것들 앞에서 왜 이제는 심장이 뛰지 않을까. 절대 변하지 않으리라 생각했던 친구들이 왜 이제는 나의 연락처 목록에서 사라졌을까.

낯선 곳에 가면 간판 하나, 풀 한 포기까지 새로워서 사진을 찍어 대던 나는 왜 더 이상 셔터를 누르지 않을까.

이년 전, Y와 여수에 갔을 때 자전거를 빌려 탄 적이 있다. 여수시에서 제공하는 보급형 자전거였다. 나는 금세 대여를 했지만 Y의 소액 결제에 문제가 생겨 자전거 대여에 꽤 애를 먹었다. 5분, 10분이 지나고 내 눈치를 살피느라 Y가 쩔쩔매는 모습을 보고 나는 포기하자고 말했다.

다음에 타면 되지. 그만해.

자전거 핸들을 삽고 애매하게 서 있는 나를 보고 Y는 분명한 어조로 말했다.

언니, 할 수 있어요!

친구의 친구까지 동원해 도움을 받아 결국 Y는 자전거를 대여했다.

우리는 여수의 바닷가에서 자전거를 타다가 반쯤 막혀 있는 방파제 앞에서 멈췄다. 반쯤 막혀 있는 표식이 꼭 출입금지 푯말 같아서,

가지 말까. 길이 끊겼으면 어떡해,

라는 나의 말에 Y는 일말의 망설임도 없이 대답했다.

가 봐요, 언니. 길이 끊겼으면 다시 나오면 되죠.

그러다가 누가 소리 지르면 어떡해. 거기로 가면 안 된다고 화내면 어떡해.

그럼 몰랐어요. 죄송합니다, 하고 다시 나오면 되죠.

단호한 그 아이의 말에 서서히 어깨가 펴지던 그때.

우린 반쯤 닫힌 방파제 사이로 자전거를 밀고 들어갔다. Y 의 확신과 호기심이 우리를 다른 세상으로 밀어 넣었다. 등대

까지 쌩쌩 달리는 동안 누구 하나 우리를 제지하지 않았다.

가지 않았으면 보지 못했을 바다는, 크고 조용했다. 시끌시끌했던 여수 엑스포 행사장과 불과 5분 거리에 위치해 있었지만 거기는 다른 세상이었다.

깜깜하던 몸속이 환하게 켜지는 기분.

아무 일도 하지 않으면 아무 일도 일어나지 않는다.

그러고 보면 그동안 망설이다가 얼마나 많은 셋들을 놓쳤을까, 용감하게 뚜벅뚜벅 걸어 들어가지 못한 길이 얼마나 많았을까. 나는 멀리서 개만 짖어도 길에서 쏜살같이 빠져나오던 겁보였다.

Y를 보면서 문득 겁이 났다. 세상의 골목을 다 걸어 보기도 전에,

거기 가 봤잖아. 거기 뻔하잖아,

하고 나의 호기심을 내가 끊어 버릴까 봐.

그 작가 글 읽어 봤지. 별로던데?

하면서 딱 한 권 읽어 본 작가에 관해 누군가에게 일장 연설을 늘어놓을까 봐.

더 이상 그런 것은 재미가 없다면서 백 번도 안 해본 일을 관둘까 봐. 그 일에 내 미래가 달려 있을까 봐. 그러다가 영영 사는 게 재미없어질까 봐. 겁이 난다.

한때 전부였던 고집들이, 귀퉁이가 낡아 사라지는 것을 보면서. 안 하면 죽을 것 같았던 열망과 열정들이 조금씩 식어가는 것을 보면서. 덜컥 겁이 난다.

새로운 일을 찾는 빈도가 줄어들고, 점점 익숙한 것만 하고, 걸었던 길만 걷고, 만났던 사람만 만나고, 생각하는 것만 생각하게 될까 봐, 그래서 더 이상 영혼이 흔들리지 않을까 봐.

세상과 적당히 타협하게 될까 봐. 이렇게 살아야 한다고 어린 누군가에게 함부로 말할까 봐. 시작도 안 한 누군가의 의지를 꺾어 놓을까 봐.

겁이 난다.

나는 어떻게 살고 있는가?

몽골 고비에선 짐승의 뼈가 풍화되
고 있었다. 아직 몇 개의 이빨이 붙어 있는 턱뼈 같은 거.

풀을 씹었던 턱이 이제는 슝슝 지나는 바람을 씹고 있었다.
거기서 조금 떨어진 곳에는 무릎뼈 한 조각, 조금 더 떨어진
곳에서는 정강이뼈 한 조각. 그런 식으로 하나의 몸이 해체되
고 있었다.

저 멀리선 아직 살아 있는 뼈의 동족들이 지나간다. 뼈들은
바다 가까이 귀를 대고 누웠으니 지나가는 동족의 발소리를
선명하게 듣고 있으리라.

그런 광경을 보면서 나는 시를 쓰는 친구 P, 그리고 B 선배와 함께 고비 사막 언저리를 걸었다. 몽골에 오기 전 상상했던 고운 모래사막은 멀리 산맥처럼 보였다.

50도에 육박하는 지열을 받으면서 우리 셋은 씩씩하게 걸었다. 대략 한 시간쯤 걷는 동안 짐승의 똥이나 돌멩이, 브로콜리처럼 솟아오른 아주 작은 나무, 짐승의 뼈, 바람. 피부에 와 닿는 건 뭐든 저장했다. 발바닥을 타고 올라오는 열기가 따끈했다.

아침 먹고 출발한 시간이 오전 11시였으니 대략 왕복한 시

간은 11시~13시경. 우리는 정수리로 떨어지는 태양을 받으며 한낮의 사막 언저리를 걸었다.

풍화되기로 작정한 사람들처럼.

이따금 뜨거운 바람이 볼을 스치고 갔다. 감정을 잘 드러내지 않고, 발이 가벼운 두 사람은 묵묵하게 길을 갔다.

반면 나는 우산을 들고 셔터를 누르느라 그들에게서 자주 뒤처졌다. 그런 나를 그들이 돌아봤다.

한번은 P가 한번은 B 선배가 돌아서 내 이름을 불렀다. 벌판에 내 이름이 퍼져 나갔다. 걸려 넘어지는 곳 하나 없이 반듯하게 저 멀리, 나의 이름이 불어 나갔다가 흩어졌다.

사막에 도착하자 가장 먼저 거부 반응을 보인 건 눈이었다.
사막에 도착하자마자 하염없이 눈물이 쏟아져 나왔다. 눈이
시려서 뜰 수가 없었다. 실눈이라도 뜰라치면 눈물이 주르륵
흘렀다. 매워서 견딜 수 없었다.

　사막에 머무는 동안 렌즈를 빼고 안경을 썼다. 다른 건 몰라
도 눈은 건강해야 했다. 이곳에서 꼭 봐야 할 것이 있었기 때
문이다.

　별.

　사막에 가면 빽빽한 별을 볼 수 있다는 말을 내내 동경했다.

가장 가까운 사막에 가야겠다 결심하고 몽골을 검색했지만 혼자서는 갈 수 있는 조건이 아니었다.

차가 없으면 이동할 수 없었고, 국제 면허증을 소지했다고 해서 아무나 운전할 수 있는 곳도 아니었다. 절망적인 내용만 서치하다가 패키지로 떠날까, 생각을 하고 있었던 참이었다.

이번에 몽골에 가기로 했어.

몽골이라는 시인 P의 말에 눈을 번쩍 떴다.

몽골?
응. 몽골.
말 타고 막 달리는 거기?
응. 거기.
누구랑 가는데?
전문적으로 다니시는 작가분이 계신데 함께 갈 사람을 모집하셨대. 나도 건너서 얘길 들었어.

그 뒤로는 그녀의 목소리가 들어오지 않았다. 당장 통장에 얼마가 있는지 가늠하기 시작했고, P를 통해 함께 갈 수 있는지 일행에게 다급하게 연락을 했다. 그리고 일단 통장에 있는 돈으로 티켓 끊을 돈부터 보냈다.

그렇게 떠난 몽골이었다. 거기서 일행에 섞여 있던 시인 B 선배를 만났다. 친분이 없던 선배와 우리는 3일이 지나서야 서서히 말을 섞었다.

우리 일과 중 가장 중요한 것은 별을 보는 일이었다. 별을 보기 위해선 오래 기다려야 했다. 몽골에선 늦은 시간에도 해가 완전히 저쪽으로 넘어가지 않았다. 밤 10시에도 지평선 너머 울긋불긋한 해의 잔 빛이 머물렀다.

열두 시가 넘어야만 온전한 어둠이 왔다. 우리는 저녁을 먹고, 맥주를 마시고, 물이 끊기기 전에 샤워를 하고, 해가 완전히 넘어간 뒤 숙소를 나왔다.

일행은 작은 손전등을 하나씩 들고 깊은 어둠 속으로 저벅 저벅 걸어 들어갔다.

늦대가 나오면 어쩌죠? 라는 나의 물음에,
여름 늑대는 사람을 먹지 않아요.
몽골을 여러 번 다녀온 누군가 대답해 줬다.
왜요?
여름엔 먹을 게 많으니까. 산에 토끼도 있고. 짐승도 있고.
그럼 겨울엔요?
겨울엔 배가 고프니 공격하기도 하지요. 그런데 여름엔 여 기까지 안 와요.

바람을 타고 오는 여름 향기를 맡으면서 나는 안심했다. 깊 이를 알 수 없는 어둠, 눈에 보이는 거 하나 없는 이 어둠 속에 서 일행은 서로가 있음을 감지하며 걸어갔다.

어느 정도 숙소와 멀어지자 우리는 일제히 손전등을 껐다. 그리고 고개를 젖혀 하늘을 올려다봤다.

한 번도 본 적이 없는 별들이 있었다.

지구 밖에 이렇게나 많은 별이 있었다니. 뼛가루를 뿌려 놓은 것처럼 빼곡한 별들과 은하수까지. 별은 폭설처럼 하늘에 내리고 있었다.

별이라는 눈발을 넋을 놓고 봤다. 처음엔 카메라를 들어 부지런히 셔터를 누르던 일행도 하나둘씩 내려놨다. 그 어떤 것으로도 눈앞의 아름다움을 담아낼 수 없었다.

우리는 조금 떨어진 곳에 따로 누웠다. 각각의 자리에 누워 P와 나와 선배는 각자의 별을 봤다. 별은 이쪽에서 저쪽으로 조금씩 이동하고 있었다.

발밑을 봐. 발밑에도 별이 있어. 빨려 들어가는 것 같지 않니?

깊은 어둠 어디에서 선배의 목소리가 튀어나왔다. 그 말에 나는 다리를 들어 발밑에 있는 별을 콕콕 찍어 봤다. 누워 있는 나의 몸 위로 반원을 그리며 따닥따닥 별이 반짝이고 있었다.

머리 위도 발 아래도 배 위도 몽땅 하늘이었다. 별이었다. 그 많은 별은 머리 위에서, 발밑에서 느닷없이 뚝-, 뚜욱-, 떨어졌다.

별이 떨어진 쪽으로 걸어가면 운석을 주울 수도 있을 만큼 별은 분명하게 선을 그었다.

짧은 찰나, 별이 하늘을 찢었다. 저런 출구라면 지구 밖으로

내가 거기 있다는 소문

155

나갈 수도 있겠다 싶었다. 어쩌면 낮에 버려져 있던 뼈의 주인도 저런 틈으로 나갔을 거라 생각했다. 별 하나가 뚝 떨어질 때 그어 놓은 틈 사이로 재빠르게 빠져나가선 다시는, 오지 않는 건지도 모른다.

갑자기 죽어 버린 사람들도 저런 틈으로 빠져나갔을지 모른다. 죽은 사람들이 순식간에 세상에서 사라지는 것이 늘 이상했는데 저런 하늘을 열고 나간 거라면, 이해가 됐다.

세상에서 통째로 빠져나가는 게 사라지는 사람 입장에선 슬픈 일만은 아닐 수도 있겠다. 그렇게 오래 별 아래 누워 짐승의 뼈와 나의 뼈를 나란히 놓고 뼛가루를 뿌리며 돌아간 사람들을 생각했다.

몽골에 머무는 내내 P는 어워를 발견하면 돌을 던지고 둘레를 세 번 돌았다. 돌을 쌓고 그 위에 꽂은 장대에 하늘과 닮은 파란 천을 둘둘 말아 놓은 솟대 같은 형상을 거기선 어워라고 불렀다.

P는 그곳에 기도를 하면 하늘에 닿는다는 몽골 사람들의 말을 믿었다. P의 걸음은 묵직했다. 나는 P에게 어떤 기도를 했는지 묻지 않았다. 대신 P가 어워를 돌 때 거기에 떨어져 있는 목발과 술병과 말 머리뼈들을 봤다.

그곳 사람들은 자신이 소중하게 생각했던 것을 어워에 가

져다 놓는다고 했다. 일종의 헌물 같은 거라고. 하늘에 가 닿는 마음. 별이 찢어 놓은 틈으로 낮이나 밤이나 하늘과 소통하는 사람들.

그래서 자연에 있는 돌멩이 하나도 함부로 집어 가지 않는 사람들. 별을 보면서 먼 길을 이동하는 사람들. 몸에 지닐 수 없는 건 갖지 않는 사람들. 꼭 다시, 와야지 마음먹게 만드는 몽골의 힘이 거기에 있었다.

폭우가 쏟아지던 밤. 말린 말똥과 장작을 땔감 삼아 불을 피웠다. 젖은 나무에 불이 잘 붙지 않아 출력해 둔 시집 원고를 뜯어 불을 붙였다.

원고는 활활 잘 탔다.

기억해. 내 시집 원고 뜯어서 불 때는 거야.

내 말에 P는 대답했다.

너 이거 산문에 쓸 거지?

응.

불붙은 시는 나무에 옮겨 붙고 똥에도 옮겨 붙어 우리의 게

르에 온기가 돌았다. 게르 위로 빗방울이 떨어졌다. 게르 안에서 우리는 조곤조곤 얘기했다.

시 얘기도 했고, 연애 얘기도 했고, 먹고사는 얘기도 했다. 한국에 가면 별을 보러 지리산에 가자 같은 말도 했다. 그때가 2017년 6월이었으니까 나는 해가 바뀐 지금까지 시집 원고 뭉치를 들고 다닌 셈이다.

만질수록 생물처럼 변형되는 시 뭉치를 불쏘시개로 썼다. 그래서 더 자유로웠다.

몽골에서 돌아온 후 P에게 전화했다.

쓸수록 모르겠어.

나도 그래.

나는 계속 고쳐 쓰고 있어.

결혼식장에서 만난 B 선배도 시에 대해 똑같이 말했다.

몽골에 다녀온 뒤 우리는, 우리에게 고비라는 이름을 지어주었다가 고비가 올 것 같아 칸이라고 했다가 아직도 이름을 결정하지 못한 채 각자의 삶으로 돌아갔다.

비슷한 시기를 지나는 우리는 계속 이렇게 사는 게 맞나 갸우뚱하고, 또 시를 쓰고, 매일 조금씩 풍화될 것이다.

그러다 누군가 울먹이면 사막을 함께 걸을 때처럼 큰 소리로 이름을 불러 주면서.

한없이 퍼져 나가도록 서로의 이름을 불러 주면서.

그렇게 풍화될 것이다.

　　　　　　　며칠 동안 쏟아진 눈발에 산의 피부
색이 바뀌었다. 그 풍경을 보고 있자니 마음이 들떠 마음먹고
엄마와 뒷산에 올랐다. 오후 3시가 지나고 있었지만 왕복 한
시간 코스라 서두르면 해지기 전에 내려올 수 있을 거라 계산
했다.

　낮고 순한 산. 이따금 나뭇가지에서 눈 무더기가 떨어지는
소리 외엔 아무것도 들리지 않았다. 뽀득뽀득 우리의 발자국
만 찍히는 산이었다.

　나는 거기서 이상한 것을 수신했다. 앙상한 나뭇가지에 남
은 나뭇잎들 중 유독 한 잎만 심하게 흔들리는 장면. 거기에

붙어 있는 어떤 영혼. 저 아래 구불구불한 길을 혼자 걸어 나가는 사람의 등. 산의 중턱에서 등산로와 갈라진 길 하나와 그 길 앞에 출입금지라고 붙은 표지판. 출입할 수 없는 길에 사람 발자국 대신 눈밭에 정갈하게 찍힌 짐승 발자국.

짐승 한 마리가 아주 오랫동안 걸어 나왔으리라. 이런 것들이 언젠가 시가 되길 기다리면서 눈 덮인 산길을 걸었다.

그때 멀리서 무언가 움직였다.

고라니였다. 고라니는 나를 응시하고 있었다. 나는 고라니를 응시하고 있었다.

눈이 마주쳤고 둘 다 제자리에 얼어붙었다. 저 짐승이 갑자기 돌진해 와 나를 밟고 지날 수도 있다는 생각이 들자 등골이 오싹했다.

이렇게 추운 곳에서 먹을 것이 없어 영양실조 상태라면? 그래서 갑자기 내 앞에서 쓰러지기라도 하면 어쩌지? 119가 와줄까? 고작 고라니 한 마리 때문에? 주머니에 뭐가 있지? 사탕 두 알이 만져졌다. 고라니가 사탕을 먹을까? 이런 거 줘도 되나? 복잡한 생각에 사로잡혀 있는데 고라니가 움직였다.

왼쪽에서 오른쪽 숲으로, 등산로를 가로질러 더 깊은 곳으로 뛰어갔다. 따라오지 말라는 듯. 성큼성큼 뛰어서 사라졌다.

군데군데 찍혀 있던 삼각형 발자국은 고라니의 것이었다. 발바닥이 이렇게 컸구나. 손바닥으로 크기를 가늠하면서 한 마리, 두 마리, 세 마리. 여기에서 저기로 또 아래로 부지런히 다녔구나. 고라니가 찍어 놓은 지도를 보면서 고요한 밤을 가로질러 코를 박고 밥을 찾으러 다니는 고라니를 생각했다.

십만 원, 이십만 원, 육십만 원짜리 작은 일거리들을 찾는 나처럼.

어쩌면 고라니는 그 짧은 순간에 말했을지 모른다.

살려 줘요.

밤새 울면서 차가운 산을 오르내렸을 고라니가, 나를 잡아먹지 않고, 물어뜯지도 않고 순하게 보내 준 고라니가 계속 머릿속을 맴돌았다. 고라니는 밥을 찾으러 걷는데,

나는 무엇을 위해 걷나.

소소하게 들어오던 일거리들이 끊긴 작년 가을과 겨울에 유독 많이 걸었다. 작은 수업이 두 개. 그 외엔 약속했던 일이 거짓말같이 하나도 성사되지 않았다. 삼재가 껴서 그렇다고 엄마는 얘기했지만, 그래도 이건 너무하다 싶을 만큼 일이 없었다. 인력 소개소에서 끝까지 선택받지 못한 사람처럼 나는 남아 있는 시간들을 견디는 방법을 찾았다.

몇 주는 소설을 읽어 주는 팟캐스트를 들으며 2014피스 직소 퍼즐도 맞추고, 혼자서 신성리 갈대밭도 다녀왔다. 종일 운전해서 여기저기 들렀다가 돌아오면서 차 안에서 음악도 듣고 생각도 했다.

프루스트의 《잃어버린 시간을 찾아서》를 읽기 시작했고, 그동안 사 두고 보지 않았던 책들도 한두 권씩 뽑아 읽었다.

나에게 집중했다. 종일 나와 놀았다. 나와 영화도 보고, 나와 맛집도 가고, 나와 산책도 갔다. 목적 없이 걷고 걷다가 소나무로 둘러싸인 오솔길을 발견했을 때의 반가움도 나와 나눴다. 낯선 길을 쭉 따라 걸어가 서서히 모습을 드러내는 금강을 발견했을 때의 벅참도 나와 나눴다.

걷는 길에 만나는 풍경도 나와 봤다. 하교하는 중학생들. 어린이집에서 아이를 찾아 집으로 돌아가는 내 또래 엄마들. 장사를 시작하려는 고깃집과 호프집. 작은 고양이와 강아지가 들어 있는 애완동물 가게. 아직 녹지 않은 눈. 그리고 혼자 걷는 사람들의 등. 그 등 위로 크고 빨간 해가 뚝 떨어질 것처럼 매달려 있는 하늘.

돈 좀 빌려줄 수 있니? 오랜만에 연락 온 친구의 부탁. 오죽하면 나에게 이런 말을 할까? 이해되는 마음.

회사에 나가도 가난한 사람들. 그럴 수밖에 없는 사람들. 인

나는 어떻게 살고 있습니까? 이상합니까?

력 소개소에서 차례차례 부름을 받아 저를 주고 돈을 버는 사람들. 그 돈으로 두부도 사고 아이에게 먹일 바나나도 사고, 그 돈으로 난방비도 내고 부모님 용돈도 드리고, 그 돈으로 경조사비도 내고 사람 노릇하며 살고 있는 사람들. 최소한의 사람 노릇 때문에 저를 주고 돈을 버는 사람들. 그들이 오가는 도시에서 나는 아파트 한 칸에 갇혀 있다가 오후가 되면 못 견디겠어서 그들 곁으로 쓱 지나가 보는 거다.

이제 그런 얘기를 써야 할 것 같은데…….

나는 비교적 인생을 주체적으로 선택했다. 적어도 그렇게 믿었다. 나는 최소한 사람답게 살기 위해 나를 팔지 않겠다. 남들이 정해 놓은 방식대로 살지 않겠다. 나는 글을 쓸 거고 고독하고 가난하더라도 이렇게 살겠다, 다짐하면서 평범하게 살길 바라는 부모님과 전투하면서 여기까지 왔는데 요즘은 계속 회로가 엉킨다.

불안한 마음에 매일 노트를 펴고 시를 쓴다. 며칠을 잡고 있어도 마침표가 찍어지지 않는다. 정신없이 바쁜 날에, 그토록 시가 쓰고 싶었던 날에 바라고 원했던 시간이 왕창 주어졌지만 세상과 부딪치지 않으니 나의 살갗은 너무 안전했다. 살갗 부스러기로 썼던 시들은 완성되지 않았다.

그렇다면 그동안 썼던 원고로 시집 원고를 묶자고 다짐했지만 원고를 들여다보면 볼수록 이게 맞나 싶다. 뭘 써도 의구심이 든다. 시를 써도, 시를 얘기해도, 이게 맞나 싶다. 이렇게 쓰는 게 맞나. 그동안은 어떻게 시를 썼지? 어쩌자고 자신만만하게 시를 투고하고, 시집을 묶고, 여기저기 내보이고 다녔을까. 여기서 김이 빠지면 안 될 것 같은데. 투쟁하듯 여기까지 왔고 이것밖에 남은 게 없는데.

발견해. 발견하라고. 새로운 것. 쓸 수 있는 것. 좋은 시를 써. 사람들에게 인정받는 시. 너의 이름을 알릴 수 있는 시. 집 한 칸에 갇혀 있어도 여기, 시를 쓰는 사람이 있구나, 모두 인정할 수 있는 시를 쓰라고. 나에게 다그치는 거다. 그러다가 내가 미워지는 거다.

출입금지 팻말이 붙은 길을 선택해 의기양양하게 들어갔지만 갈수록 깊고 어둡고 슬픈, 그리고 미치도록 고독한 이 길에서 자꾸만 회로가 엉키는 거다.

내가 나에게 이러면 안 되는데. 그러자고 시를 쓴 건 아닌데. 그런 욕심 때문에 시를 쓴 건 아닌데. 그저, 가슴에 불이 나서 안 쓰면 죽을 것 같았는데. 살갗을 뚫고 들어오는 사방의 신호들을 받아 적지 않으면 죽을 것 같았는데. 자다가도 벌떡벌떡 일어나 받아 적었는데. 그렇게 썼는데. 그게 시작이었는데. 그래서 행복했는데. 이게 맞나. 의구심도 없이 쭉쭉 썼었는데. 그게 정말 행복해서. 너무 좋아서 아무것도 하고 싶지 않았는데. 문학 말고는 아무것도.

이제 다시 그런 얘기를 쓰고 싶은데…….

냉장고를 열었다. 양배추 반쪽, 배 반쪽. 그것들을 비닐봉지에 담았다. 다음 날 산에 올라 눈 위에 올려 두었다.

깊은 곳에서 걸어 나온 고라니가 눈밭에 코를 박고 선물처럼 그것들을 발견했을 때, 알게 될 거다.

자신이 보낸 무언의 신호를 누군가 수신했다는 걸.

그러면 이 겨울, 고라니는 덜 외롭지 않을까. 그런 기대를 해보는 거다.

부
산

그곳에서 난 거의 혼자였어. 이상하게 그 도시에 혼자 있었던 적이 많아. 몇 번이나 갔냐고? 글쎄, 지금은 기억이 없어. 많이 갔어. 많고 많은 도시 중에 왜 부산이었을까. 아마 기차로 갈 수 있는 마지막 역이기 때문일 거야. 그냥 그런 날 있잖아. 누울 수도 없고 있을 수도 없을 때, 먹을 수도 숨 쉴 수도 없을 때, 책 한 글자 못 읽고, 글 한 줄 못 쓸 때. 그런 날 어두컴컴한 방에서 종일 음악을 듣거나 영화를 보거나 그러고도 하루가 너무 길어서 콱 죽어 버리고 싶을 때, 그러고도 하루가 다 가지 않을 때. 어슴푸레 해가 지는 것 같은데 창문도 열기 싫을 때. 밖에서 불꽃놀이를 하는지 폭죽을 피워 올리는 것 같은데 창문도 열기 싫을 때, 커튼 틈으로 번

쩍번쩍 바깥의 빛이 스며들어 올 때, 나랑은 상관없는 빛나는 것들이 아무렇지 않게 내 방으로 침범할 때. 그런 날이 며칠이나 계속될 때. 그럴 때 있잖아. 왜.

그런 날이 지속되면 걸어서 대전역엘 갔지. 터벅터벅 걸어 15분이면 도착하는 거기에서 나는 어디로든 떠날 수 있었어. 가장 멀리 갈 수 있는 역이 부산이었어. 가장 빨리, 그리고 가장 멀리 나를 데려가 줄 수 있는 곳. 역에서 내리자마자 대번에 공기기 달라지는 두시 이국에 도착한 것처럼 살짝 나를 들뜨게 하는 그곳. 그곳에 내려 맨 먼저 부산역 전망대에 가서 부산항을 내려다봤어. 배도 있고, 바다도 있으니 난 드디어 벗어났다. 이제 어디로든 갈 수 있다. 그런 생각이 나를 꽤 자유롭게 했어. 계획 같은 건 없었어. 저 빽빽한 집들이 자리한 비탈로 갈 수도 있고, 해변을 걸을 수도 있고, 인파 속으로 숨어 버릴 수도 있지. 거기는 그런 곳이었어. 어디로 가든, 뭘 하든, 사랑하는 것 같았어.

몇 시간에 한 번 버스가 다니는 오지도 아니고, 막차를 놓칠 염려도 없는 도심의 불빛이 나를 안심시켰지. 아무 분식점에 들어가 라면 한 그릇 사 먹고 무작정 걸었어. 귓전을 스치는 다른 억양의 언어가 좋았어. 아무도 나를 모르니까 좋았어.

해 지는 광안리에 앉아 음악 한 곡을 반복해서 들었어. 해운대 모래사장에 앉아 캔 맥주 두 캔을 모래에 살짝 묻어 놓고 하나는 내 거, 하나는 저 바다 어딘가에 있을 대왕오징어 거라 정하고 맥주를 마시기도 했지. 마감에 쫓겨 노트북을 들고 바닷가 어디 카페에 앉았는데 글은 한 줄도 못 쓰고, 깊고 찬 바다만 멍하니 바라보기도 했지.

처음 부산을 봤을 때 놀랐다고 말했나? 부산 국제영화제에 방문한 길이었는데 알록달록한 도시의 모습에 넋을 놓았지. 산 위에 집이 있고, 지붕 위에 차를 올려 두는 도시를 보자마자 나는 단박에 이곳이 마음에 들었지. 가슴이 쿵쾅거렸어.

어디를 가나 사람들이 언성을 높여 싸우고 있었고, 참지 않고 누구에게든 할 말을 다 하는 사람들이 있었지. 시내버스 뒷문에 서 있는 여자를 밀치고 쫌 비켜 봐요, 하고 내리던 아줌마와 국제시장에 방문해 이것저것 사진을 찍는 내게 대뜸 사진 찍지 마요, 라고 말하던 사람. 네? 당혹해서 묻는 내게 나 찍지 말라고 당당하게 말하던 사람. 안 찍어요, 했더니 미안해요, 한마디 없이 휙 가 버리는 사람.

이상한 곳이라고 생각했어. 그런데 아무도 다치지 않고 그런 모습으로 잘 살고 있는 사람들이 있더라. 마음 다치는 것이 아니라 그것이 삶의 방식인 사람들이 있더라. 톨게이트에서 카드를 찍거나 지폐를 내는 대신 어떤 홈으로 동전을 던져 넣으면서 그것을 신기해하지 않는 사람들이 거기, 있더라.

나는 계속 이 도시를 찾았어. 그냥 좋아서. 모서리마다 다른 표정으로 붙어 있는 바다를 찾아다니는 것도 좋아. 이제는 눈을 감고도 그 도시에 어떤 바다가 있는지 알 수 있어.

이상하게 그 도시에선 시간이 멈춰 있는 것 같아. 그리워하던 것은 계속 그리워해도 될 것 같고, 미워하던 것은 계속 미워해도 될 것 같거든. 변하지 않는다고, 누구도 마음을 혼내지 않거든. 거기엔 아직 스물 갓 넘어 처음 이 도시에 도착한 내가 있거든. 작가가 되고 싶다고 막연하게 꿈꾸던 내가 하늘을 보고, 파도를 보고, 달을 보고, 시선이 가닿는 것마다 붙들고 제발, 제발 하면서 소원을 빌고 있거든.

우리 같이 부산에 갈래?

나는 이렇게 살고 있습니다. 이상합니까?

초판 1쇄 인쇄 2018년 8월 30일
초판 1쇄 발행 2018년 9월 6일

지은이 손미

펴낸이 박세현
펴낸곳 서랍의날씨

기획위원 김근 · 이영주
편집 김종훈 · 이신희
디자인 심지유
마케팅 전창열

주소 (우)14557 경기도 부천시 부천로 198번길 18, 202동 1104호
전화 070-8821-4312 | **팩스** 02-6008-4318
이메일 fandombooks@naver.com
블로그 http://blog.naver.com/fandombooks

출판등록 2009년 7월 9일(제2018-000046호)

ISBN 979-11-6169-056-8 03810

이 도서는 한국출판문화산업진흥원 2018년 우수출판 콘텐츠 제작 지원 사업 선정작
입니다.